心靈隨筆

這十多年來晶瑩璀璨的遇見

林勵娟 | 著

在愛裡，自由著～

十幾年前的某天，在泳池游泳的當下，腦中閃過開始在 FB 上寫心靈隨筆的念頭，那閃閃發光的瞬間帶領著我記錄下十幾年來令人感動的時刻。

生活中來來去去的情緒轉折，讓我們的生命有高潮也有低谷，但，只要記住了幸福滿溢的點點滴滴，是否，其他的一切就可以雲淡風輕了？！

多麼希望這些隨筆有幸能成為讀者們的正能量來源。
感謝所有鼓勵我、肯定我的家人朋友們，尤其要謝謝媽媽和遠在美國的四姑丈不止一次地鼓勵我這些隨筆可以集結成冊，讓我鼓起勇氣做了這件事。

總有一天，我們都會成為別人心中的回憶。
希望孩子們在未來的人生旅途中，不管經歷任何酸甜苦辣，請不要忘記那些我們曾一起感受過的溫暖情懷，並記得媽媽對你們滿滿的愛。

喜歡叔本華的一句話：
《請學會在人群中保持一定程度的孤獨》

在孤獨的時刻，透過書寫與自己對話，找到安定的心，身就自在了！

林勵娟寫於西元 2024 年 3 月

用低音號譜出的夢想人生

當你看完這本《心靈隨筆》後，我相信你會跟我的心情一樣，期望在未來的某一天，用歡喜心、輕聲地叫她一聲：嗨～ 吹低音號的 80 歲阿嬤～

人生漫漫長路，這一位中年女子，一直學習，是爲了想要也眞實，遇見更美好的自己！
她細膩用心、付出眞愛；她點亮且隨時迎向那一盞燭光，只見前景亮光閃閃！

《心靈隨筆》的敘事、敘情，在在讓我們感受到愛與感恩，對父母、子女與夫妻，其感恩心、溫愛行，在字裡行間，四季恆常；其感恩心、關懷情，在每一場銅管音樂會前後，也在太鼓聲揚的笑容裡，而在與友人相聚的情緣，濃郁甜膩。

與更美好的自己相遇，愛與感恩的心，讓林勵娟的銅管低音號，吹響而成人世間的善美心靈樂音，高昂響亮，揚昇霄漢、散入巷弄！

溫潤如晨光，彩韻如夕暉！曾經於 FB 每一次閱讀《心靈隨筆》，我心有如春風拂過花園！

大學同學 李洛聰

目錄

一、管樂教我們的好多事

1   2010 年 10 月 4 日

三個孩子在山葉鋼琴都上了六年的音樂團體班，
以老師的說法是修練了音樂素養的內功，
孩子若願意學習都是值得栽培的，
星期六的發表會上，10 歲的老三瀚瀚也吹奏了一段法國
號！！

這是一個
　　夢想的開始

2　2011 年 12 月 25 日

這是一個夢想的開始
在這夢想中將會有歡笑也會有淚水
會有挫折但也會有由心底感受到的快樂與滿足
謝謝鈞瑋老師的指導，讓我們每次上課都很快樂且收穫滿滿
謝謝本偉老師的大力促成，沒有您就不會有此團
謝謝幸茹老師用心照顧每位團員與不辭辛勞的叮嚀
當然也要謝謝讓孩子們愛上管樂的士偉老師
而我更要感謝這些孩子們願意包容我這超齡媽媽的加入
值得珍惜的不只是演出的當下，練習的過程更是精采的人生

這是我開始學低音號，加入潭陽校友銅管重奏團後於潭陽國
小歲末音樂會的人生第一場正式演出。
我的首次演出已和三個孩子同台了，很感動啊～

3　2012 年 3 月 10 日
心靈隨筆之二

當樂團指揮士偉老師的魔法棒點下去的那一刻，彷彿真的有魔法般將充滿生命力的音符注入身體所有的感官，讓我情不自禁打了個寒顫，漸漸濕潤的眼角讓我明白自己有多麼的感動，孩子們從小學三年級開始吹樂器至今的每一次比賽或表演都是那麼全力以赴，而最幸運的莫過於能在士偉老師的指揮棒下不斷地製造美好回憶和成功經驗！！向今年特優第一名的團隊致敬！！你們的音樂太迷人了！！

4 2012年3月12日
心靈隨筆之三

孩子們的努力，老師們的辛苦，家長們的熱心，讓我心中滿溢的感恩肆無忌憚地流向各處，國小管樂特優第一名的光環照亮了孩子們的臉龐，老師們的愛之深，責之切和父母心中的愛又一次造就了孩子們的成功經驗，士偉老師，謝謝您！！

5 2012 年 6 月 17 日
心靈隨筆之七

今年的生日讓人永生難忘，夢想的實現是那麼的甜美，那麼的令人滿足，當彩排大合奏時，第一次在音樂會中從新的角度望著指揮士偉老師，當音符響起，如夢似幻，分不清是現實還是在夢境，內心滿溢的喜悅淹沒了我的靈魂，嘴角止不住地上揚，我多麼的享受著這片刻啊！！

正式演出時澎湃的樂章填滿思緒，整個人融入樂聲中無法自己。

儘管吹奏技巧不如大家，儘管有時沒膽不敢吹太大聲，儘管音準不夠準確，但，我相信在今晚的音樂會中，我是最幸福的人！！

要不是有本偉老師不停地在後面督促鼓勵
要不是有鈞瑋老師願意花時間教我給我信心
要不是有秦僥老師不辭辛勞創立銅管樂團
要不是有幸茹老師認真而溫暖的執行勤務
要不是有士偉老師迷人的指揮風采讓我憧憬

今天的我，是坐在觀眾席的。
這樣的感覺是那麼的美妙，為了再度嚐到甜果，練習的辛苦就不再叫做辛苦了，而是享受！！

第一次登上音樂廳的大舞台，那份感動永生難忘！

6 2012 年 9 月 3 日
心靈隨筆之十四

一場夠水準的音樂會可以在生活中餘音迴盪很久很久！！

上星期六去欣賞了一場音樂會，今早去看牙醫，牙醫師有在
吹薩克斯風，是裕文老師的學生，想當然爾必然不會錯過 9
月 1 日的音樂會，互相開聊了幾句音樂會的話題，因為一場
音樂會，讓醫病關係增添了幾分親切感與信賴感，這種感覺
挺不錯的！！
這場音樂會，
感動於
指揮士偉老師的燕尾服超美，或許就是今年四月從日本小心
翼翼捧回台灣的那件吧！！當時士偉老師剛拿到衣服時興奮
的畫面不經意地就跳到眼前，人，不刻意的純真最美！！
感動於
指揮和來自泰國的小號獨奏音樂家，在小號協奏曲結束後好
幾次惺惺相惜的擁抱，人，真情流露的表情最美！！
感動於
團員音樂家們個個沉浸在旋律中，跟著指揮的指揮棒把最美
的音符盡情地揮灑向在座的聽眾，人，專注沉浸在某種活動
中的神情最美！！
雖然我的低音號老師鈞瑋老師謙虛地說，他們學音樂的人並
沒有什麼天分，如果我們努力練習也可以開場音樂會，但，
我猜是仁慈的鈞瑋老師為了給像我這樣的學生信心而說的鼓
勵話，不管如何本有想放棄繼續學低音號的念頭，因老師的
鼓勵而消逝了，加油吧！！夢想的實現或許就在不遠處！！

7 2013 年 6 月 17 日
心靈隨筆之三十

去年的生日，老天爺給了我特別的禮物——讓我有機會上了
大舞台和孩子們一起吹奏樂器。
今年的生日，老天爺再度給了我豐厚的禮物——全家一起去
聽了一場超棒的音樂會。

我現在的 Tuba 低音號黎文忠老師超完美的演出令人驚
豔！！這一年來潭陽銅管樂團因人數不足而暫時解散，也因
爲如此，讓我生出許多就此放棄的念頭（視譜慢哪！！音吹
不準哪！！樂器好重啊！！），但，心中某處總有一個聲音
喊著：不要放棄啊！！不久前，終於鼓起了勇氣重新出
發！！

因爲，孩子對我說「媽媽，已經努力了一段時間，現在放棄
不是太可惜了嗎？？」（咦？？這不是通常都是媽媽對孩子
說的話嗎？）
因爲，孩子沒有忘記我們要組個「銅管五重奏」的夢想！！
因爲，黎老師總是認眞幫我思考規劃未來的可能性！！
因爲，樂器壞了拿去修，邱師傅沒收我費用，只對我說「好
好練，不要放棄喔」讓我感動莫名！！

所以，我沒有理由放棄啊！！

8　2013 年 10 月 18 日
心靈隨筆之三十六

有一種陪伴叫做等待！！

這已是兩年前的相片了，孩子從小三開始吹法國號，在那麼小的年紀這應該算是父母的安排吧，但隨著日積月累日日的練習，同儕之間互相的激勵，老師的讚美，超級指揮的帶領，連續奪下多年中區全國特優第一的榮耀，出國交流的難得經驗，孩子漸漸感受到或許這樣的過程將影響著他未來的人生！

但升上國中後斷了練習的機會與步調，這樂器似乎可有可無，一年的荒廢在孩子的心中產生了什麼樣的變化？我靜靜地等待，等待那一刻的來臨！

鈞瑋老師的一通訊息告訴我是時候了，衛道愛樂管樂團需要法國號的支援，孩子一口答應參加，這將是他未來人生中有音樂相伴的開端，這才是他自己由內心發出的選擇啊！！

是啊！！還有我們銅管五重奏的夢想呢！！

朋友留言：
在如此忙忙碌碌的生活中，你的心靈隨筆猶如甘泉般滋潤了我內心的荒漠，非常感動的分享！謝謝妳

9　2014 年 7 月 14 日
心靈隨筆之五十三

有一段文字
～音樂，讓你有擁抱與依傍
有更多的愛、熱情、謙和與一切美好的事物
簡而言之，讓你有更豐富的生命！
（出自 Marcia Neel）

國二的老三，承蒙鈞瑋老師的提攜參加了衛道愛樂協會管樂
團，今天 2014 的年度音樂會，兩個小時的音樂饗宴讓我心
中滿懷感恩，不禁想起這段文字
這，就是我想給孩子的啊！

10　2014 年 12 月 20 日
心靈隨筆之六十二

愛極了這樣的意念，
瀟灑地捧著碩大的低音號，
繽紛的音符似無止盡源源不絕地撒滿天！

這位我的低音號老師在他的獨奏會或銅管五重奏或管樂團中
展現出無窮的魅力！

謝謝黎老師願意耐心教我這樣年紀的學生，
一個念頭、一聲鼓勵加上眾人的幫忙，
開啓了我的音樂夢，不管遇到多少困難，
我想，我必須繼續向前行！
目標就在不遠的前方，但，更重要的是，
我該盡情享受這過程，享受當下的美好！

11 2014 年 12 月 26 日
心靈隨筆之六十四

今晚表演完後，
感覺自己應該要更努力才行，
跟一起表演的老三說，
希望能一次比一次進步，
沒想到孩子回我，
不能這樣想，應該要想說，
每一次都要吹到最好！

哦！謝謝孩子的指正，
思考，決定你的高度！！！

12   2015 年 4 月 12 日
心靈隨筆之六十八

這個團，除了我和一位年輕的指揮沐恩老師之外，其他都是
十幾歲的孩子！
多年多年前在一次觀賞國外交響樂團演奏時，被一位滿頭白
髮的演奏者深深吸引！自此，常把自己幻化在樂團的一隅，
神遊在美妙的音符和陶醉的情緒中……

因不管已有一把年紀的事實
因不管學新樂器的難度多高
因不管這樂器有多麼大又重
因管不了那麼多，只是想要
所以這張照片中有我的存在

很高興昨天又完成了一場小小的串場演奏，生命的豐富就在
此刻！

13　2015 年 6 月 14 日
心靈隨筆之七十二

一群對音樂熱血的年輕靈魂，
詮釋了馬勒，帕格尼尼……
成就了一場令人讚歎的音樂會！

老大如願進入政大管樂團，
管樂之於老大晏寧，感受到，
是用熱氣騰騰的生命在交心！
那對音樂的熱愛從樂聲中飄散出
來，在空氣中，久久無法散去！

孩子，成功轉到更愛的科系
申請雙修留住原系的渴望
對另一個系有興趣而申請了輔系

積極進取的第一年新鮮人生活
生命，肯定豐富而精采！

14　2015 年 12 月 2 日
心靈隨筆之八十一

一首曲子的呈現
它的旋律，由陌生到不由自主地無時無刻在心中盤旋
到吹奏好自己的聲部
到與別的聲部樂器合奏
到指揮老師雕琢細微末節
到盡情享受合奏的樂趣
這過程雖繁雜，也需要許多人的一起努力，但，最後的果實
是甜美的！

由衷地想與大家分享這份甜美！
12/6 下午 2：30 有一場小小的音樂會，掌聲能帶來很大的
鼓勵，但我最在乎的終究是內心滿溢的感恩與感動啊！

15　2016 年 2 月 24 日

老大在政大
老二在輔大
這場政大管、輔大管聯合賽前音樂
會的海報我得好好珍藏著！

16　2016 年 6 月 3 日
心靈隨筆之九十

四張音樂會的海報，意味著即將能享受四場音樂會！
六月份，三個孩子，各自在自己學校的管樂團，或年度公演
或成果發表，都讓我非常期待！期待著……
享受音樂！
享受氛圍！
享受孩子努力的成果！
享受以母親的角度感受孩子們沈浸在音樂中的美麗！

但，想要能享受我也參與其中的第四張海報奧德賽的音樂
會，現階段，除了加緊練習還是練習，對我來說，這種整場
管樂曲的音樂會是生命中頭一遭啊！

17　2016 年 6 月 9 日
心靈隨筆之 90-1

老二閔慈～～～史詩的序章

磅礡的樂聲，震撼人心！
整場氣勢高昂的氛圍，就是完全「史詩」的感受！

本來吹上低音號的老二，這學期改吹長號，趁年輕勇敢嘗試
內心想做的，做了，就能更清楚內心真正的渴望！
腦海浮現當時 9 歲的老二背著相對碩大的上低音號走在校園
的場景，生命是一種長期而持續的累積過程！

年輕，就是有本錢不斷嘗試與挑戰！

18　2016 年 6 月 10 日
心靈隨筆之 90-2

老大晏寧～～～4 Dimensions

豐富的曲風，舉凡星際大戰，小王子……加上演奏協奏曲的年輕學子所展現的生命力，在在讓人驚歎與陶醉！

吹小號的老大小學時期的分部老師就是樂團指揮符秦僥老師，能與好老師相遇是福氣！今年能拿到銅管五重奏的特優第一，感謝老師的鼓勵，指導並給予信心！

我相信，在樂團這種健康上進的環境下，一定能培養出積極進取的人生觀！感恩啊！

19　2016 年 6 月 13 日
心靈隨筆之 90-3

老三承瀚～～～九音眞經

高中社團的成果發表給了孩子們舞台與發揮創意的空間，讓我們享受了美好的午後時光，好聽！眞的好聽！

這一年的社團生活對老三來說經歷了一些不同於以往的經驗，對許多事的取捨，選擇，規劃與態度都是未來人生的寶貴經驗，也嘗試吹木管豎笛，多彩的人生自此展開！

謝謝親友們的支持到場聆聽，你們的參與和掌聲是對孩子最大的鼓勵！

20　2016 年 7 月 8 日
心靈隨筆之 90-4

自己～～奧德賽

6/26，7/3 兩天，曾在腦海幻想著的畫面，真真實實地發生了！
用這樣的年紀……
用這樣的樂器……
完成了人生第一場和第二場完整的音樂會！

幾個月前，拿到十多首落落長的管樂曲譜時，極度焦慮的情緒充斥在每一天的生活，但隨著勤奮練習而慢慢減緩！

於是，在台上，我享受著克服種種挫折後的無限甜美，愛極了低音號樸實的低調和偶而華麗的閃耀，內心的澎湃，讓我在某個瞬間，感動的淚水悄悄滑落臉龐！

指揮，團員，家長們真誠地展現了對音樂的熱情和執著，眾多人的同心協力成就了一場音樂會，心中只有感恩再感恩！
雖然我還有非常大的進步空間，可是我知道自己已向前跨了一大步，謝謝大家！

為了能享受 "堅持" 這條路
帶來的人生況味，
繼續加油！

21　2016 年 10 月 16 日
心靈隨筆之九十四

夢想，若有太多顧慮，
要堅持下去並非易事，
需不斷對自己說《不要放棄》

難得兩個在台北唸大學的孩子週末假
日回台中，我卻一早出門團練一整
天，心中需要努力消弭無法避免的歉
疚心情！感恩家人們的支持與不計
較，路，好走許多！
沒錯！就是《不要放棄》！

22　2016 年 11 月 23 日
心靈隨筆之九十六

12/17，有一場音樂會！
是一群對管樂充滿熱情的年輕人，正式立案組成的「揚樂道卡斯管樂團」的演出。

要成立一個樂團是多麼的不容易，許多繁瑣工作需要分工合作，我為樂團付出心力的幹部們喝采，他們都是有為的青年啊！

身為樂團的一份子，練樂器的挫折一直都在，但，快樂來自於合奏時的感動與滿足，然而快樂大於挫折是必然！
重要的是，
在團練時，我總是忘了自己的年紀……

23　2016 年 12 月 11 日
揚樂道卡斯管樂團在 fb 的貼文
〜〜倒數 6 天〜〜

聽媽媽的話　　周杰倫這麼唱
看媽媽的音樂會　　詹子厚團長這麼說
勵娟媽媽　　小小一隻吹 TUBA
身為媽媽　　除了要照顧自己的孩子
週末還有樂團的練習　　卻從不缺席
勤奮練習　　樂團中的核心人物
是大家學習的好榜樣

12/17 是不是這樣的樂晚才會這樣的想起你
邀請你給我們台上的媽媽們愛的鼓勵愛的擁抱
拍手拍手拍手拍手拍手拍手

一位 tuba 老師留言：
傳說中跟孩子一起練樂器的低音號媽咪〜〜

24　2016 年 12 月 18 日
心靈隨筆之九十七

喜歡這段話：
夢想的本質是
你想經歷的現實
你想為自己創造的生活方式

我最敬愛的指揮，也是我的 tuba 老師，黎文忠老師，總是
不厭其煩，耐著性子教導我音樂世界變幻莫測的美麗，老師
對音樂的精雕細琢令人佩服，讚歎！

謝謝老師讓已這年紀且對音樂駑鈍的我經歷了這場音樂會，
音樂會後老師溫暖的擁抱給我莫大的鼓勵，我會繼續，繼續
讓音樂成為我的生活方式！

謝謝您，黎老師！

25　2017 年 1 月 2 日
心靈隨筆之九十九

於台中一中 2017 元旦管樂音樂會
老三承瀚擔任這場音樂會的學生指揮

這似熟悉又陌生的背影，是那麼的如夢似幻，
熟悉～～因為這男孩尚未來到這世界，就與我相識。
陌生～～因為我也是初次見到這男孩自信而優美地隨著樂曲
擺動手勢。

原來，養育生命，看著他一點一滴地成長，蛻變，是一段非
常美麗的人生旅程。

但，我會謹記紀伯倫在《先知》中所說：
「自己是把弓，孩子是從弦上射出的箭，我要盡力將弦張
滿，讓他們可以急馳遠射，愛，就留在手上，心中……」

26　2017年2月6日
心靈隨筆之 101

這樣的事，還來不及在我腦海中建立雛形，竟然就發生了！
連續兩年在嘉義市國際管樂節比賽室內管樂 B 組拿到第一名
的大台中愛樂潭子青少年管樂團今晚的音樂會，演奏了一首
Virus！
此曲是老三承瀚改編自貝多芬的曲子。
改編一首管樂曲，想像中並不容易，今晚，當此曲悠揚的樂
聲被演奏出來時，我全神貫注聆聽著的每個細胞雀躍而感
動。
17 歲高二的年紀在這些旋律中存在著什麼樣的想望？

好聽啊！孩子！你把想望串成粒粒音符，真的好美！

27　2017年3月10日
心靈隨筆之 102

Facebook 上我自始用的大頭貼內的這 3 把樂器，今天都上戰場了！

三個孩子在同一天的今天，帶著它們上了舞台，在全國學生音樂比賽中各自為自己的團隊吹出最美的音樂！

十多年來，陪著孩子們悠遊在管樂世界，比賽，只是一個能讓自己更精進的捷徑，那經過精雕細琢的音符，是真能讓人起雞皮疙瘩的，在學習的過程，學到的不只是音樂，還有更多的人生哲理！

成績是附加的，但得到好成績還是令人開心啊！

28　2017 年 6 月 1 日

在這期末音樂會的季節

曾幾何時我也能和三個孩子一起秀出各自音樂會的海報！

政大、輔大、台中一中、揚樂道卡斯管樂團

如夢似幻！

人生因管樂而更豐富多彩！

29　2017 年 6 月 21 日
心靈隨筆之 109

人生，是否就是許多大大小小的選擇題？

當有兩件重要的事，時間衝突不得不做出選擇時，想來，要經過很多內在掙扎，這樣的過程也是一種學習與經驗的累積吧！

唸高二的老三承瀚，一整年在學校管樂社付出許多時間與心血，卻在社團成果發表日，與去韓國參加科展時間衝突，他選擇了出國開拓視野，雖有遺憾，但回頭一望，一年來的管樂生活是收穫滿滿！

他，把一首貝多芬樂曲改編成管樂曲，謝謝士偉老師給他機會發表，最後的掌聲和喝彩聲讓人心中滿滿感動。

他，指揮了一場音樂會！

他，組團參加了銅管五重奏的全國中區賽，拿了特優第一！

有了這些曾經，遺憾頓時減輕！雖然，沒能參與成發，但看著孩子依然用最熱忱負責的態度與大家一起努力籌備到最後一刻，我想「欣慰」這兩個字用在此刻，是再貼切不過了！

銅管五重奏特優第一團隊

30　2017 年 7 月 17 日
心靈隨筆之 111

七年前
當老大第一次參加政大管樂營時，是營隊中年紀最小的小隊員，七年的執著，年年的參與，今年接下了總召集人的任務！

在營隊即將結束，成果發表音樂會落幕的當下，我內心感恩這個團隊的每個人一起成就了活動的圓滿！
孩子願意擔任總召，挑起責任重擔，這樣的勇敢，經歷過了就是你的經驗累積，誰也搶不走！

七年來，屬於政大管樂營的點點滴滴，必然在生命中留下了重要，且無法抹滅的痕跡啊！
生命之美，盡在其中！

31 2017 年 9 月 5 日
心靈隨筆之 113

有一種音樂叫「過程」。

要讓一首曲子的旋律，由陌生到無時無刻在腦海中盤旋，並且吹奏出屬於自己的分部，那過程對我來說是如此地艱難啊！

揚樂道卡斯管樂團第五季的團練開始了！在想，
為什麼我的指頭如此僵硬，按按鍵總是來不及？
為什麼我的視譜如此慢速，看譜總是慢半拍？
為什麼我的節奏總是如此分崩離析？
練習吧！除了練習別無他法。

我堅信，因著這艱難練習的「過程」，想必會有許多心靈上的滿足！

記得自己還是小小孩時，在家裡邊聽著黑膠唱片放出的交響樂進行曲，邊沿著客廳的桌子繞圈轉，隨著進行曲旋律的加速，我也越繞越快，然後咯咯咯笑得樂不可支，現在，每當吹奏進行曲時，似乎又回到那單純幼稚的開心時光，四十多年前那小女孩咯咯咯的歡笑聲就這樣無聲地散播在空氣中……

32　2018 年 1 月 15 日
心靈隨筆之 118

一個月前，揚樂道卡斯管樂團的第五季公演，圓滿完成！
很開心我是團員之一。

每一次的音樂會，雖克服了不少困難，但，新的瓶頸隨之而
來，偶時的成就感內，卻也隱藏著蠢動的沮喪無力……

樂聲中，那呼吸，吐氣，點舌……在那小小的瞬間，竟有那
麼多的學問！

今天下午去聽了旭曲交響管樂團的音樂會，當第一個音符在
耳邊響起時，內心的悸動明白地告訴我，不管如何，自己一
定要繼續吹下去。

是啊！這必然是
內心真正的聲
音！

33　2018 年 6 月 9 日

在生命中能找到發自內心的所愛是幸福的
孩子，恭喜你大學雙主修四年畢業！
明天，因著你這篇發文，肯定在樂聲中又
加入一道強力魔法
媽媽會好好享受你們的音樂，明天的一切
一定都會好好的！

老大張晏寧在 FB 的貼文：
畢業前最後一場
大學四年沒有做過什麼值得拿出來誇耀的事
唯一令人感到踏實的一件事，大概就是待了四年的政大管吧
雖然最後一年時常感到力不從心，理想狠狠被現實碾壓
雖然好像沒有太大的長進，都這麼老了還總是放炮耍雷
但每次心累的時候，就是只有回來團練能讓人有重新活過來
的感覺
想著「啊，生命裡真的不能沒有這件事」，這樣的感覺
想著想著，同時卻又覺得自己不夠努力，怎麼有資格說愛它
如果能繼續努力下去就好了，永遠都還能更努力，永遠都必
須想辦法變得更好
努力到自己都能不再懷疑自己對這件事的愛，可以毫不心虛
地說出這就是我喜歡的
離這個目標可能還有很長一段路要走吧
所以還想要繼續走，一直走一直走，就算還是會感到害怕沮
喪也不停下來
好好吹完第四場年度公演，希望明天的一切都會好好的

34　2018 年 9 月 28 日
心靈隨筆之 126

2018 年 3 月 28 日加入了台中市民管樂團，半年後的創團音
樂會對我來說又是一個新的里程碑！

十多年前我也是因為聽了一場管樂
音樂會而結下了與管樂的緣分，很
神奇的，這緣分在不知不覺中帶領
著我朝夢想邁進，而朝夢想邁進最
快的步伐，應該就是堅持了。

遭遇挫折與困難的苦澀，都能被最
後那「享受」的甜美吞噬掉！

台中市民管樂團創團音樂會
是啊！「創團」這兩個字好吸睛
啊！我吹低音號 tuba

朝夢想邁進
　　最快的步伐
　　　　應該就是堅持了

35　2018 年 10 月 14 日
心靈隨筆之 127

10/7 演奏完，出場後，
老大跟我說：「媽媽，我有聽到你吹的那 2 個音喔！」
謝謝孩子！
貼心的鼓勵，撼動我心！

這次音樂會，上半場只有我一支低音號，在「悲慘世界」這
首曲子中，有一個樂句只有低音號出場，就 2 個音符，在偌
大的中興堂，只有那 2 個音迴盪其中，雖然就短短的兩秒
吧！^^
但，那 2 秒和上半場的獨支 tuba，就能帶給中年才懷抱管
樂夢的我，很多堅持下去的力量！

謝謝指揮老師
謝謝高齡 90 歲的父親和 86 歲的母親不畏辛苦地到現場聽完
全場

謝謝來聽演出的家人朋友們～

36　2019 年 1 月 11 日
心靈隨筆之 133

80 歲吹低音號的阿嬤
期盼有一天能被人如此形容

一直以為低音號的重量是持續學習時最大的挑戰
但，其實不然，挑戰已在眼前
最近怎感覺豆芽們站的位置不清不楚，混沌模糊！
原來，老花眼鏡有分看遠，看近！
而……看譜的距離是不遠不近！
只好，又配了一副專門看不遠不近的譜的眼鏡
期盼 80 歲時的自己！

37　2019 年 1 月 20 日
心靈隨筆之 134

害怕並不代表沒有勇氣
真正的行動才是最重要的

謝謝兩年半前的自己，雖然緊張害怕，但還是鼓足了勇氣報
考了揚樂道卡斯管樂團，這行動，拓展了音樂人生！
在揚樂，跟著大家向前邁進的感覺真好！

1/27，是揚樂的第一場售票音樂會，也是我此生的第一場。
是說，不管是否售票，都要一樣賣力！

聽說……音樂會的票全部賣光光了！
加油！

38　2019 年 2 月 2 日
心靈隨筆之 135

生命的悸動，除了在人生的大舞台扮演好自己的角色之
外……

在這年末年初時節
這些音樂會海報和球賽領獎的畫面
記錄下我和孩子們各自在屬於自己的小舞台發揮了對生命的
熱情！

在衛冕籃球賽冠軍的當下
或在音樂會結束接受掌聲的時刻
滿滿的感動，是繼續前進的最大動力！

謝謝給我們加油鼓勵的大家！
這份力量何等重要❤

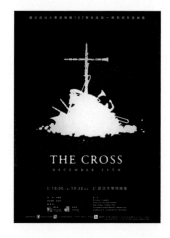

39　2019 年 4 月 12 日
心靈隨筆之 139

在當下
彷彿被愛緊緊包覆！

在團練曲子的極少時刻
當自己清楚明白吹出來的一些音符是期盼中的那樣美好時
我的內在小宇宙
不由得發出了耀眼的光芒！

縱使至今還是
常常吹出難聽的音色
有時吹錯音還不自知
節奏也不精準

但這光芒總是給了我無限希望！

我在追求的
不就是這種只有自己知道的內在的滿足與感動嗎？

是，就是它！
幾天前團練時
在吹奏某一小節快速音群時
它紮紮實實地出現了！
我一定得記錄下這如此美妙的時刻

> 每一個意念都在生命中產生共振
> 即使只是內在的滿足的感動

40　2019 年 4 月 21 日
心靈隨筆之 140

這海報好春天！

我覺得……
我真的覺得……
我一定會很享受在這場音樂會中吹出
來的每一顆音符～
那
低低的
晶瑩剔透～～～

41　2019 年 5 月 6 日
心靈隨筆之 141

當你努力變得更好時
周遭的世界也開始變得更好
青春無關年齡
而是心靈的一種狀態和頭腦中的
一個意念
勇於有夢
敢於追夢
勤於圓夢
而，追夢之路
沿途的風景最美！

42　2019 年 6 月 28 日
心靈隨筆之 145

每次遇到演出有進行曲的曲目時，都會特別開心！
喜歡極了進行曲中襯底的低音節奏，雖然它常常就只是單一
節奏，但，我就是愛！它讓我安心，讓我滿足，而且能很享
受在它之上繽紛的音符！覺得，我之所以有機會吹低音號，
就是因為太喜歡進行曲迷人單純的低音節奏，致，全宇宙都
幫我達成這願望……每每聽進行曲，兒時難忘的回憶不禁湧
上心頭，香香的，甜甜的，總讓我嘴角不自覺地上揚……
思想與愛的融合產生了力量！

43　2019 年 7 月 24 日
心靈隨筆之 146

幾天前和揚樂道卡斯管
樂團完成了一場音樂會

在想
剛開始練這些曲子的某
些段落時
其實很痛苦與沮喪

但，為什麼
當樂團幹部在調查下一
季是否要續團時
還是會說出 yes⋯⋯

或許是演出當下的感動與悸動！

總在品嚐甜美果實的時候
才有足夠的勇氣
無視曾經的痛苦與沮喪！

第一次因為有 solo 而起立接受掌聲
掌聲，真是迷人啊～

總在品嚐甜美果實的時候
才有足夠的勇氣
無視曾經的痛苦和沮喪

44　2019 年 9 月 16 日
心靈隨筆之 150

如果
「堅持」是必須的
那麼
「保持熱情」或許會讓堅持這件事是快樂的！

想來
幸運之神有比較眷顧保有熱情的人：）

最近
到高雄衛武營和台中歌劇院這兩個指標性的音樂廳，欣賞了
台大交響樂團和金頌銅管樂團的演出，孩子雖非科班，卻能
在台上演出，很幸運啊！

看到一段話，很棒！

父母不一定要期待孩子成爲社會的菁英
但
要鼓勵孩子成爲他們心目中最好版本的自己
完成自我人生價值！

希望孩子
能成為
心目中最好版本的自己
完成自我人生價值

45　2019 年 12 月 24 日
心靈隨筆之 156

在這場政大管樂團歲末音樂會中
真心覺得
這小孩很勇於挑戰
自己編曲
獨奏演出
學生指揮
都呈現在這場音樂會了

我想
我的孩子不只是我的孩子
他們是宇宙的孩子
感恩老天給了父母親機會
能參與一個生命的成長
一起在這個美麗的世界同行
當孩子長大後
學習當個讓孩子勇敢去飛的父母

回頭看到 2010 年 10 歲時孩子的影像
十年，之於成長中的孩子，變化好大啊！
有種很難描述的複雜心情

"願望"是希望某事發生
"信念"是相信它會發生
"勇氣"就是讓它發生

46 2019 年 12 月 29 日
心靈隨筆之 157

「願望」是希望某事發生
「信念」是相信它會發生
「勇氣」就是讓它發生

約 7、8 年前，本偉老師的一個念頭～
「你們自家人就可以組一個銅管五重奏團了啊！」
在這一念之間，開啓了我的音樂夢，一頭栽進了管樂世界
奮力地扛起碩大的低音號 tuba！

多年後的現在
「我們這一家銅管五重奏」終於在孕育我們管樂人生的潭陽
國小的歲末音樂晚會上首演，孩子們從小學生成爲大學生
一路走來
感謝耐心教我的老師們和收留我的樂團
還有樂團的夥伴們和幫助我向前邁進的所有人！

感謝好友俊宏的力挺加入，讓我們的團變完整
感謝孩子的爸爸總是用行動和言語支持著我們
感謝三個孩子願意溫暖地陪著媽媽讓夢想成眞
也感謝自己每當遇到瓶頸時都沒有放棄，繼續前行！

夢想的實現，珍貴在過程，且它是起點而非終點！

這條路，路旁開滿了小花，蝴蝶飛舞，我們將繼續在這美麗
的路上揮灑幸福！

內心的畫面終因堅持而實現了！
首演，意義重大！
俊宏&孩子們，可以 tag 你們嗎？
#JohnLin 張晏寧張閔慈張承瀚

47　2020 年 1 月 19 日
心靈隨筆之 158

2019/11/17～2020/1/18
兩個月內演出的 7 場大大小小歲末年初的音樂會，順利結束
了！
瘋狂的演奏行程，真迷人～

每一次的演出都是一場美好的享受！

有時，
從 tuba 視角看著指揮與團員們同心協力演奏出一首首好聽
的音樂，真的很令人感動！

音樂，
可以令你更接近超越
現實世界的無限美好
～

2020 年繼續向前
繼續保持信心！

11/17 草悟道露天演出
和市民路人甲乙們近距離的接觸，歡樂無限啊！

11/22 新竹喜來登飯店商演
嗯......下半場因為已上菜,即使沒人認真聽,我們還是演得
很開心😊😊😊😊

11/30 和平國小100週年校慶演出
把音樂向下紮根是我們的盼望!

12/1台中市民管樂團的年度公演
兩位指揮的獨奏太精彩了！

12/27我們這一家銅管五重奏的首演
腦海中的畫面，就這樣實現了！

12/29 嘉義管樂節的戶外演出
開心，開心，就是開心！

1/18 揚樂道卡斯管樂團的年度公演
團員美麗的獨奏片段，讓同樣在台上的我，聽得眼眶泛淚，多令人感動的片刻！
吹奏進行曲的低音節奏時，大大的滿足了我靈魂底層的渴望~

48　2020 年 2 月 26 日
心靈隨筆之 160

如果說
音樂會的樂聲中
能讓你感覺到空氣中飄著甜甜的滋味
那肯定台上一定有某人是你所愛著的……

連續兩天跑台北聽了
金頌銅管樂團和台大交響樂團的音樂會

老大晏寧在金頌銅管樂團享受著吹團的快樂：）

而老三承瀚參加的台大交響樂團，今年七月要去奧地利維也
納巡迴演出，才 20 歲就能有這樣的機會，真的很幸運！

在想
人生每一點的付出
大多數的嘗試
和所有的等待
都有意義

只要你願意
打開心靈
接納所有可能性的自己
你就創造了自己的實相～

49　2020 年 4 月 20 日
心靈隨筆之 162

雖然
因為疫情，「我們這一家銅管五重奏」的演出不知會延到何
時，但我們還是有在繼續團練！

感恩俊宏的熱血
有時，只為了去台北團練兩小時，當天往返花 5、6 小時車
程也願意配合，有你的參與，真的很幸福！

然而
每次的團練，就只有我總有
算不清的節奏
吹不準的音符
聽不懂的秒差
好難啊

有一段話是這麼寫的

有了方向
別等有力量才啟程
有些美好
等聚足了勇氣
早已不再美麗
出發！
然後享受沿途的精彩

或許
那裡不僅有美麗
還有你當初所缺乏的勇氣！

所以
我正在
享受沿途的美麗
還有
累積不畏困難的勇氣……

50　2020 年 6 月 2 日
心靈隨筆之 165

疫情趨緩後欣賞到的第一場現場音樂會，同時也是有兩個孩子一起在舞台上的音樂會～
政大管樂團 2020 年度公演！

老大晏寧雖然已從政大畢業，但在舞台上吹著小號的身影，依然光芒閃爍！

老三承瀚雖然不是政大的學生，但謝謝政大管給他機會擔任學生指揮！
今天指揮的那首曲目很豐富多彩啊！雞皮疙瘩掉滿地了！

整場音樂會讓我一直處在美好感覺的最高頻率上，使得這「愛的電波」從心中源源不絕湧出！不斷飄向舞台上的大家～

謝謝符老師和團員們在疫情肆虐之際繼續努力練習，給了我們這麼美好的夜晚！
好棒的音樂會啊！

51　2020 年 7 月 13 日
心靈隨筆之 166

夢想
不是一個點
而是連成的一條線
再成為一個面

所以
夢想的本質
是你想經歷的現實
你想為自己創造的生活方式！

自從開始學習低音號以來，總有人問我為什麼要學這麼大、
這麼重的樂器
我想
答案就在這裡
～啊就是想跟孩子們組一個銅管五重奏團啊～

在學習的路上，年復一年，一路走來，一直是孩子們對我
說：
要勤練才會進步喔！
要這樣練才會有效率啊！
不要放棄，不然就前功盡棄囉！

在這近一年來的銅五團練時光，謝謝好友俊宏的支持，也抱歉花了不少時間在修正我的不足

內心除了有愧疚感外，其實還偷偷夾藏著隱隱的幸福感啊

這場音樂會，非常感謝妹妹林以惠的《擊樂·擊悅打擊樂團》分享半場時間給《我們這一家銅管五重奏》，成爲聯合演出的音樂會！

希望我們的樂聲，能讓人感受到溫暖，幸福與愛！

52　2020 年 7 月 20 日
心靈隨筆之 167

孩子說
他想吹柴可夫斯基第五號交響曲，
於是，去參加了長榮交響音樂營的甄選！

在這之前
並不熟悉柴五旋律的我
藉機反覆地聽熟了柴五的旋律
尤其是第二樂章法國號優美的 solo 片段
我期待的是
在音樂會現場，當熟悉的旋律響起時，我做的事前功課，應
該更有機會讓音樂感動到靈魂深處，那深不見底的悸動……

孩子
你的那段法國號 solo 令人神往～
優美遠揚的音色
喚醒了我的靈魂
在這朦朧的意念下
我不再是我……

曲終時，被指揮單獨 cue 站起來接受觀眾掌聲與喝采的當
下，媽媽口罩下的嘴角，止不住地不斷上揚～～～

朋友留言：

好棒！好喜歡看你的心靈隨筆

感動情入肺腑

一些人生美好的事情，能透過文字記下來真好～

53　2020 年 7 月 29 日
心靈隨筆之 168

在腦海中載浮載沉多年的夢想畫面
終於成為現實
但……音樂會結束後，內心怎有一股寂寞感悄然來襲～～～

這半年來
為了這場音樂會所做的努力
它的價值所在
就是不斷的比當下的自己更往前邁進了一步！
發現
最快樂滿足的時刻
是團練時光
最難忘懷的畫面
是團練完，各自背著樂器在大馬路邊，走向停車場的片刻

夢想
有時候可以只是為了製造快樂的過程～

謝謝來捧場的親朋好友們
謝謝黎文忠老師的指導
謝謝思達音樂的場地
謝謝擊樂擊悅打擊團與我們合作
謝謝孩子們和俊宏的溫暖支持

我們一起寫下了一頁美好故事

54　2020 年 11 月 5 日
心靈隨筆之 175

每日丟一物之驚喜

在執行每日丟一物的過程中，總是有驚喜出現～
2007～2012 年
從老大小五到老三小六
每年學校管樂團的定期演出
都有收到學校錄製的 CD 和
DVD
塵封已久後的現在
不經意地出現
真是彌足珍貴啊！

看了 DVD 後發現
2010 年三個孩子已經首次同台演出了
2012 年我與 3 個孩子竟有機會和來支援校友團的老師們同台演出
一路走來，真的要謝謝各位老師對音樂教育的努力與貢獻～

三個孩子從 4 歲半開始去山葉上團體幼兒班
小三開始進入學校管樂班
至今長大後依然能與音樂為伴，豐富生命！
學音樂並非希望音樂成為孩子們的專業
而是希望音樂能讓孩子的內心有更多的愛，熱情與一切美好的事物～
音樂，就這樣圍繞在我們的生活中

潭陽國小管樂團的制服很可愛啊～

2007年老大小五，第一次參加比賽及在大舞台演出～

2008年老大老二一個小六一個小五，同為A團，第一次同台演出～

2009年老二小六，老大國一也參與校友團演出～

2010 年沒有人在 A 團,但三個孩子都參與校友團的演出,
當時老三小四~
原來,他們早在 10 年前就首次同台演出了!

2011年老三小五,三人也一同參與校友團演出~

2012年老三小六了,最後一次在以校生的身份演出了~

2012年的校友團演出,有好幾位老師來支援演出,好令人
感動~
也發現我也在台上啊啊啊......😊😄

55 2020 年 11 月 24 日
心靈隨筆之 177

要動身前往台北聽台北愛樂青年管弦樂團的演出前，看到該
團的音樂總監暨指揮吳曜宇在演出前一天在 FB 的分享就感
動莫名～

「從來沒有一場排練結果這麼感動

即使不是職業樂團

我們依然（盡力）達成了

Tcherepnin 的浪漫

Haydn 的風格

Mahler 的豐富

明天的音樂會絕對值得一聽

不是因為我自己

而是因為台北愛樂達到的境界」

老三承瀚在今年暑假考上了這個團，在繁忙的課業之外，不
斷挑戰並精進自己的吹奏水準！

而

老大晏寧也在忙碌的工作壓力下，依然每天勤練樂器！

那

這個肯定是他們由內心深處愛著的事了～

嗯！真好

人生

能與「由內心深處愛著的事」相遇，是何等幸福！

56　2020 年 11 月 27 日

這個～
好像可以分享一下
覺得這孩子的一天有 48 小時

台大交響樂團在 fb 的貼文
【協奏曲之夜・演奏者介紹（五）】

張承瀚

自我介紹：
台中人，20 歲，目前就讀醫學系三年級。小學開始學習法國號，師事李欣卉老師；高中學習豎笛。曾參加大台中愛樂青少年管樂團、台中一中管樂團、台大管樂團，政大管樂團、師大管樂團；協演政大交響樂團、國北交響樂團。在高中與大學時期，分別擔任台中一中管樂團以及政大管樂團學生指揮。現為台大交響樂團法國號首席、樂興之時管絃樂團以及台北愛樂青年管絃樂團法國號團員。希望在還能享受音樂的時候不留下遺憾（一路到畢業）。

57　2020 年 12 月 4 日
心靈隨筆之 178

那句《牧羊少年奇幻之旅》中的名言
「當你真心渴望某件事時，全宇宙都會聯合起來幫助你」
是真的～

似乎看到樂器在自己走路的樣子地背樂器去團練已好多年了
正當有「我不知還可以背多久」的念頭出現時，台中市民管
樂團魏鴻達老師就購入一把 tuba
謝謝樂團和魏鴻達老師讓我輕鬆很多，而且樂團的團員們，
每每團練時都會協助我搬這隻美麗的 tuba 出來，好感恩～

練樂團
這麼多人為了一段段旋律而一起努力的感覺很美好！

58　2021 年 1 月 19 日
心靈隨筆之 180

在揚樂道卡斯管樂團第 3 季招生時
受到黎老師的鼓勵，就真的硬著頭皮去應考了～
一個おばさん混在一群年輕人中
一晃，就四個年頭過去……

揚樂
向前邁進的步伐未曾停歇
這第十一季的曲目和黎老師的 tuba
協奏曲，加上郭聯昌老師的客席指揮
再再讓我又開了新的眼界
只是我很難跟得上啊！
好多數不清楚的拍子和休止符
艱澀難懂的節奏旋律線條……
但
放棄，並非我的選項
比現在的自己更往前一步就是它的價值所在
對當時勇敢去考樂團的自己說聲謝謝～
繼續加油！

59 2021 年 2 月 5 日
心靈隨筆之 181

快樂，是否是
不在於擁有什麼
而是在於追求什麼的過程？

在疫情當下的這一年，很幸
運托孩子的福，進了三次國
家音樂廳享受音樂的魔力

當台大交響樂團 2021 冬季
公演第一首曲子開演不久，就聽到孩子優美的法國號 solo
響徹國家音樂廳，內心只有無盡的感動

音樂會結束後
留下了這張半年多來總是無法全員到齊的合照！

音樂
把我們凝聚在一起
真好～

60 2021 年 2 月 9 日
心靈隨筆之 182

曉明女中校友管樂團的創團音樂會圓滿落幕！

母校
禮堂外的走廊
曾是我不斷踱步努力背書的地方
校園一角的游泳池也是開啟我游泳人生的寶地
籃球場上也留有小女孩躍起接球的記憶

四十多年後的現在
在母校禮堂參加團練吹奏樂器
是多麼神奇的發生～

謝謝成就如此美好事情的大家
謝謝幸美的邀約
也很開心和同樣是校友的老二閔慈完成了單支上低音號和低音號的挑戰
整個團練和演出在鎧岳老師的帶領下過程開心而滿足

發現
最感動的不是完成了某事
而是當初你鼓起勇氣開始了！

最感動的
不是完成了某事
而是當初
你鼓起勇氣
有了開始

61 2021 年 3 月 16 日
心靈隨筆之 185

台中市民管樂團＋合唱團
這讓人驚艷的組合
碰撞出閃耀的火花
能恭逢其盛，在舞台上身歷其境，滿是感動！

演出前非常期待自己能完美演出
但
我知道自己有某處因爲分神數錯拍了
雖然觀眾應該不會察覺

期許自己接下來在嘉義高雄兩場能完美演出並樂在其中
除了演出時要專注
彩排時要保留體力才是王道～

當你重複練習
使演出日趨完美
這其中得到的快樂
將無可比擬
你的一切努力終將有價值

舞台上滿滿的演出者，和觀眾席的手機燈海，造就出這美麗畫面，感人的一刻！

自從開始吹 tuba，對自己的背影越來越熟悉......🤣

62　2021 年 3 月 26 日
心靈隨筆之 186

同樣的曲目
在不一樣的時間地點和不一樣的合唱團合作演出
竟然有這麼不一樣的感受

每一次的演出都是獨一無二的

曲子可以一練再練
琢磨到微小的細節
探究到無底的深淵
直到被自己感動

喜歡極了這樣的過程
吹著吹著……
眼眶漸漸溫熱
是
沒錯
由內心深處感受到大家齊力製造
的樂聲是如此動人

聲勢浩大的演出人員

觀眾的掌聲也是美妙的樂聲之一
謝謝不吝給予掌聲與喊 Bravo 的朋友們
我們在台上感受到滿滿的心意與鼓勵！

終於明白
要學習接受自己選擇的要求
別堅持追尋難以捉摸的「完美」

63　2021 年 4 月 7 日
心靈隨筆之 187

幾個月前
知道自己有機會和台中市民管樂團
一起去高雄衛武營演出時
對於中年才開始學 tuba 的我來說
是多麼寶貴的經驗
此次演出曲目之一
電影《大娛樂家》的主題曲
其中馬戲團的創始者 Phineas
Barnum 說的金句
「帶給別人快樂是最高貴的藝術」
鼓勵到我，且當你努力想要變得更
好時，周遭的一切也會開始變得更好
夢幻般的舞台
如詩如畫，宛如夢境
美麗，溫暖，善良

64　2021 年 4 月 27 日
心靈隨筆之 188

學習音樂而收到的回饋
不止於音樂

那源源不絕的美麗
不停地在生命中綻放

四月份每週六日的音樂饗宴
色彩繽紛
完美呈現
讓內心獲得了
自我的飽滿和豐饒
所以
得以繼續在音樂學習之路
快樂向前行～

4/3與台中市民管樂團在高雄衛武營的演出,首次在國家級
音樂廳演出,難忘的經驗!

4/10在台北國家音樂廳欣賞兒子與台北愛樂青年管弦樂團
與台北愛樂合唱團演出的安魂曲,場面壯觀。

4/17被邀請支援中興高中校友管樂團的校慶戶外演出，大家對管樂的熱情付出令人感動！

4/24和兩個女兒回曉明母校，在募款餐會上與曉明女中校友管樂團演出，度過了愉快滿足的團練和演出時光！

65　2021 年 5 月 7 日

其實打從老三承瀚說他預備報名 2021 長榮交響音樂營獨奏者的甄選時，我就在等待著這場音樂會，我知道那將會是令人難忘的時刻！

恭喜錄取～

孩子，你的青春因你的勇於挑戰，好燦爛多彩啊～

2021 長榮交響音樂營 fb 之貼文：

2021 長榮交響音樂營第一階段甄選名單出爐囉～

雖然耽誤了點時間，經由長榮交響樂團老師們的仔細聆聽與評估，包含指揮學員及獨奏家總共有 64 位愛樂朋友通過我們的甄選。

66　2022 年 2 月 9 日
心靈隨筆之 213

曉明女中校友管樂團第 2 季音樂會
歡樂圓滿地落幕了
感恩成就這場音樂會的每一個人！

從開始團練到音樂會結束
我的心情是非常愉悅的
尤其能和老二老三再度同台演出～

但
有一部分的情緒卻是不斷在焦慮懷疑沮喪中接受挑戰！
兩天半要練好 7 首曲子很像極限運動
很難說服自己做得到
但想想
人活在世上不能一直只做會做的事
做不到卻不放棄而繼續努力
是不是更能讓人感受到生命的樂趣？

重要的是我享受到了
這三天指揮老師和所有團
員齊心努力的過程～

67　2022 年 2 月 20 日
心靈隨筆之 214

在全球疫情蔓延下的當今
覺得能持續團練且能舉辦音樂會
都讓人滿懷感恩！
這回台中市民管樂團的年度音樂會
有兩首曲子對我來說別具意義
天團的 Ross Roy
是我在 2016 年完成人生第一場音樂
會時演奏的其中一首曲子
那強而有力的低音節奏已深植腦海
再次與它相遇
是如此親切又迷人！
2016 年似遙遠又相近
山團的 DANZON No.2
是 2017 年老三承瀚第一次擔任樂團指揮時
令我印象深刻感動入心的曲子
沒想到 5 年後的自己也有機會能吹它
在不斷練習的過程中
那優美的旋律如魔法般帶領我進入美麗時空……
百聽不厭，百吹不厭，有種遺世獨立的滄桑美～

生命是一種長期而持續的累積過程
每一個瞬間都是獨特而珍貴！
我知道
我將會非常享受這場音樂會的演出

68　2022 年 4 月 20 日
心靈隨筆之 217

很難形容的一種感動……
如果說外在命運是上天的安排
那主宰內在命運的就是自己了
不管你身處何方並將前往何處
只要願意接受挑戰且提升實力
那麼，機遇將無所不在

醫學系四年級的老三
在三個月後將要面臨國考之際
理應課業繁重
但竟能在 40 天內於國家音樂廳演出了三場音樂會

國家音樂廳的 2 號門
成為音樂會之後全家合照的固定地點
那是幸福的所在～
也是讓表演者嚮往的國內最高殿堂！

朋友留言：

神采飛揚、英挺的孩子

將生活安排如此緊湊又有秩序

一家人立正站好的和樂模樣

將幸福、悸動、喝采鋪排的如常平凡

我欣賞著、激動著……

69　2022 年 7 月 20 日
心靈隨筆之 218

人生中總存在著無法避免的經歷，父親離世後，當自認為再難輕易被觸動的心，在這場音樂會中被療癒了

7/17 承瀚與長榮交響音樂營的團員們演出了法國號協奏曲
在第一顆音符躍出音樂廳時
樂聲的憾動
顯示出生命深處的純淨

能被挑選為協奏曲的獨奏者實屬不易
也是今年學員之一的好友嘉倫分享了樂團老師對承瀚的評價

「他所有的音符，都是不急不徐，有想好設計好吹出來的，做的是真正的演奏家在做的事情」
非常謝謝嘉倫傳給我這麼正能量的訊息
相信孩子為了演出時的完美
不斷挑戰自我
而從中得到的快樂
是無可比擬的
這一切的努力終將有價值

演奏結束時在掌聲中
孩子與指揮的擁抱畫面溫馨又感人
在我腦海中盤旋，久久不散……

70 2022 年 10 月 25 日
心靈隨筆之 222

40 分鐘幻化成 4 分鐘的神奇感受
近來這感受一直縈繞心中
就這麼一再感動著

數個月前，當知道台大交響樂團要演出的曲目有貝多芬第六
號交響曲後，心血來潮做足了功課，把這首貝多芬想用音樂
來表達情感情境的「田園」交響曲的每個樂章，細細研究品
味，也看了、聽了許多樂評解析。

所以，當音樂會中「田園」的第一顆音符奏出的瞬間，我已
神遊在其中，那熟悉的旋律帶著我徜徉在每一個貝多芬心中
的場景。尤其感受到在台上的承瀚吹出的法國號 solo 像天
籟般美妙，彷彿有一道從天上灑下來的光聚焦在他身上，閃
亮動人

樂曲結束時
40 分鐘的曲目怎麼感覺才過了 4 分鐘……
我想我應該是經歷了所謂的「心流」
時間成了幻象
真是美好的經驗

71　2022 年 11 月 1 日

心靈隨筆之 223

喜歡一群人為了同一個目標一起努力的感覺
目標不只是為了達成
更是為了開始行動和享受過程

這次台中市民管樂團 11 月 18 日的演出有 2 首台灣首演的曲目，很特別的曲風，排練的過程艱辛又有趣，酷！
還有 11 月 6 日的聯合音樂會，有 5 個團體共同演出，非常多元豐富，除了思達管樂團，我也參與了玩得瘋薩克斯風團其中兩首爵士風的曲目，刺激又好玩，酷！

努力後的呈現，最期待的是能和更多人分享，朋友們能踏入音樂廳和我們同樂是給我們最大的鼓勵！

想說的是
兩個月前再度開始游泳後發現吹 tuba 時肺活量明顯提升
或許四十多年前在學校泳池畔徘徊好奇地看校隊練習，最後被和藹的體育老師延攬入隊的種種過程，就是為了中年後吹 tuba 做準備嗎？畢竟需要連續 4、50 分鐘不斷大口吸吐氣訓練肺活量的運動不多
人生的每一個經驗，總會在未來的某個不經意間幫助到自己

人生的每一個經驗
　總會在未來的某個不經意間
　　幫助到自己

設定目標
　不只是為了達成，更是為了
　　開始行動和享受過程

72　2023 年 8 月 20 日
心靈隨筆之 231

十一年前曾以家長的身分陪孩子的潭
陽國小管樂團去日本東京交流演出
現在自己能以台中市民管樂團團員的
身分去日本東京交流演出
是一種很難想像的存在

原來
任何事，有了堅持
精彩的故事就會自然展開

其實心中一直有著和孩子們的銅五重奏團在東京井之頭公園
像街頭藝人般的吹奏畫面
現在上天給了一個比去公園吹奏更為龐大難得的畫面

2023 年 8 月 26 日在日本埼玉縣飯能市市民會館和東野高校
交流演出

覺得神奇的是
心中的畫面只要相信他會實現
等到時機成熟時
就會有人與你同行
感恩促成此行的所有人
再兩天即將啟程
這趟旅程必定會在心中留下美好的層層漣漪
一圈又一圈不斷向外擴散……

任何事，有了堅持
精彩的故事就會自然展開

73 2023 年 9 月 5 日
心靈隨筆之 232

最美的旅程是與故人重逢
並與新的緣分相遇
每一個緣起都是一篇動人的故事

30 多年前在日本唸書時偶然的相遇，
因為對彼此的珍惜，藉著這趟旅程再度重逢了
*買了便當到 88 歲的長輩朋友家共進午餐話家常
*長我十歲的好朋友不辭辛勞到 HOTEL 找我
*兩位當年的帥氣男孩，用更迷人的姿態出現在我面前
30 年，悠悠歲月
看著照片中用時日堆疊出來的我們
不禁潸然淚下
不是傷心時光流逝
而是感動能再度見到彼此

這趟管樂交流行程
多摩高校和東野高校各有一位 tuba 低音號團員
意外的是在交流音樂經驗的當下
年齡差距可以完全不存在
謝謝多朗くん和仁くん
和你們的談話激發了我對 tuba 的更加熱愛
很開心我們同樣這麼愛著 tuba

也要謝謝好朋友一家來音樂會現場幫忙

很遺憾有些狀況沒處理好
但你們的熱情相挺永生難忘
還有旅居日本的表弟驚喜現身音樂會現場
太令人感動

旅行
有時走著走著
在某個際遇下又更認識了自己
期許自己
向陽而生
做一個溫暖的人

向陽而生
做一個溫暖的人

74　2023 年 9 月 14 日
心靈隨筆之 233

台中市民管樂團天團指揮范凱西老師
在團練時說的一段話
在我心中不停迴盪

「我們團練的目的
不是要追求百分之百的完美
而是要相信你做得到
並不斷勇敢嘗試與練習
使演出一次比一次進步，提高樂團水準
且讓自己也深受感動的過程」

謝謝台中市民管樂團的所有相關人員
明天（9/15）我們將在台中國家歌劇院一起成就美好畫面

觀眾的支持和鼓勵
能帶給我們加倍的力量與勇氣
在台上恭候大家的蒞臨

75　2023 年 9 月 21 日

心靈隨筆之 234

命運的神奇在於
「現在的每一個當下都將可能與未來連結」

追溯自己接觸管樂之始

是孩子還是幼稚園時

有朋友邀約去聽潭陽國小管樂團的演
出

因為喜歡

於是把戶籍遷到潭陽國小學區

開啟了孩子們的管樂生活

有關管樂的人生閱歷於焉展開

就是那個 20 多年前踏出家門去聽音

樂會的瞬間創造了未來

這次能登上台中國家歌劇院大劇院的舞台

是非常難能可貴的經驗

謝謝一路上貴人們的幫助

尤其我的 tuba 老師黎文忠老師和陳鈞瑋老師

謝謝您們溫暖又耐心的教導，讓我無懼所有阻礙，勇往直前

現在的每一個當下
都將可能的未來連結

二、好愛運動

1　2010 年 10 月 8 日

游泳是三個孩子小學階段每晚的日常
10 歲的老三承瀚 10 月 5 日代表學校參加鄉長盃游泳比賽！
奮泳向前，贏得獎牌

2　2011 年 11 月 7 日

圍棋在亞運會上竟然屬於運動項目呢！
承瀚的圍棋再上一層樓，這次比賽得了第二名，可以晉升三
段了，為他感到高興！！

3　2012 年 3 月 7 日
心靈隨筆之一

讓孩子能如魚兒般悠游自在地在水中穿梭，是送給他們一輩子受用最好的禮物。

早晨，送完孩子上學就是我與「水」約會的甜蜜時光，不分晴天雨天，不分寒流來襲或艷陽高照，在躍入水中的剎那，全身細胞頓時開始快樂地歌唱，在心中開始數算著趟數的同時，腦中或放空，或思考著煩惱，偶時的靈光一閃給了解決之道，耳邊嘩嘩的流水聲是最美妙的樂聲，這每天 1000 公尺的距離給了我身心靈的能量！！

註：難得捕捉到的跳水瞬間，中間那位是咱家老二閔慈

4　2013 年 1 月 20 日

每一場的比賽都是滿滿的選手，承瀚從小一開始學圍棋，從
入門組，辛組級位到甲組，接著晉升到有證書的段位，從初
段到今天的四段，是經過多少的挫敗與不懈的精神，堅持到
現在的毅力，真的值得嘉許！！

恭喜承瀚在前年 11 月歡喜地晉升三段後，經過 14 個月以來
（幾乎每個月都有參加各地的比賽），不斷地從失敗中磨練
出堅強的意志，終於在此次新興盃圍棋比賽中拿到亞軍晉升
四段！！

我想，他的堅持並不是為了或許對升學有幫助，也不是為了
獎盃獎品，而是能得到挑戰自我的成就感吧！！在回家的路
上，他說，他會繼續挑戰下去，我這做媽媽的當然樂意繼續
支持與陪伴啦！！

5　2013 年 3 月 29 日
心靈隨筆之二十四

是什麼樣的心情之下會把這多
～～～年前的照片又翻出來緬
懷一下呢？
那次的滑雪經驗讓我記憶深
刻，在日本東京唸書時，有年
冬天在多次滑雪後，懂了點皮
毛的我，於那次滑雪中自不量
力地坐纜車到那滑雪場的最高
點，最高點應該是給已經很厲
害的人上去的啊！！跳下纜車
回頭一看，天哪！！又高又
陡，怎麼滑下去啊？！最後只好連滾帶爬地滾下山，哈
哈！！

我想說的是，在我這樣的年紀不應該單單緬懷過去，而該不
停地創造新的回憶，滑雪，本來想說應該是屬於年輕人的玩
意兒吧！！但前幾天陪著親愛的父母親招待遠道來訪的日本
友人，70 歲的長者，每年冬天竟然還在滑雪。

自我設限習慣了，人生視野就變窄了，很多事，只要你自己
想做，沒有任何理由是可以阻止你的吧！！

6　2013 年 5 月 3 日
心靈隨筆之二十六

沒想到四五月清晨七點的小小太陽還是能把我晒黑到被朋友看出變黑啦！！

四月初在天氣稍變溫暖後我決定到戶外的標準池試水溫，自此，再也回不去室內溫水泳池了。
那躍入水中剎那的透心涼，
換氣時吸滿肺內清新的空氣，
抬頭看得到的藍天白雲，
游完 50 公尺才轉身的暢快感！

隨著夏天的腳步逼近，清晨七點的太陽會越來越毒吧！！
但，變黑炭的擔憂抵擋不住「水」之於我的誘惑啊！！

十多年前的某一天，我在某個泳池畔看到有一家四口人，一對兒女大約小學中年級年紀，一個個魚貫躍入水中不停地游來游去，羨煞當時還單身的我，現在這樣的場景在我刻意的經營和堅持下也出現在我的家中，三個孩子小學階段全年無休地每晚去上游泳課，回頭想想，自己也真有耐心啊！！近十年的歲月，每晚的接送，原來是來自於對游泳的熱愛！！

孩子大了，國高中階段功課繁重，不再有時間天天游泳，正是我重拾對游泳熱情的時候啦！！一個星期有三天的清晨與水 1000 公尺的約會總令我非常期待！！

7 2013 年 7 月 30 日
心靈隨筆之三十二

這些游泳比賽的獎牌都是過程，我要的東西終於出現了！！

半年後即將面臨學測的老大晏寧跟我說，未來的半年每個星期日早上他想一大早起床去泳池游個 1000 公尺再開始念書，我心中暗自感動萬分！！

三個孩子小學階段全年無休地每天晚上去人人伊藤萬游泳學校受泳訓，雖然程度比不了全國賽，但在校外的小比賽中偶而能擠進名次，在校內的泳賽中是被其他小朋友們羨慕的佼佼者，在這練習的過程當中，一點一滴地培養出努力克服瓶頸，不輕言放棄的精神，而做媽媽的我最終想望的是希望游泳能成為他們一生的好朋友！！
現在，老大在功課壓力最大的時刻，想必因為游泳能帶給他正向能量且也喜歡才想如此做吧！！這就是我一直想給他們的啊！！

曾經不只一次，有人問我十年來每天晚上的接接送送不覺得疲憊嗎？？我總是回答不僅不覺得辛苦，反而很享受這樣的時光呢！！國高中的孩子再也沒時間天天游泳啦！！

某一位教育家曾說，不要急著想看到孩子學習的成果，沒達到要求就馬上放棄，因為每個努力用心持久的學習必留下痕跡！！

每個努力用心持久的學習
必留下痕跡

8 2013 年 8 月 5 日
心靈隨筆之三十三

這是人生樣貌的一部分啊！！

昨天在圍棋比賽的頒獎典禮上，老三承瀚鐵定是最傷心的得獎者。

四段升五段的規則是每十人參賽才能升一人，昨天有 32 位選手參賽，所以只有三人能升五段，一整天五場的比賽下來，承瀚只在第四場輸了對手，四勝一敗下和另一選手並列第三，裁判說不再比賽，由抽籤決定勝負，承瀚傷心得拿到第四名，無緣晉段！！

沒錯，未來還有機會升五段！
沒錯，這是訓練 EQ 的好時機！
沒錯，人生類似事件比比皆是！
但，身為母親，心疼孩子啊！！

感恩承瀚的圍棋啓蒙老師當下用很誠懇的態度稱讚承瀚的棋藝（老師在第五場從頭觀戰到尾），也感恩一位從小一起學棋的孩子的爸爸，
特地走到我們面前真心地鼓勵，此時此刻這樣的話語有著加倍的力量，因此，承瀚苦澀的笑容中散發出了微微的溫暖。

孩子！！整理好心情，繼續加油喔！！

9　2013 年 11 月 25 日
心靈隨筆之三十八

當意識到旱溪自行車道離家這麼近並付諸行動就給他騎去看看後，哇！！自此，像著了魔般每天 1 到 1.5 小時的鐵馬行，成爲愉悅的時光！！

遠處有山，近處有水，還有白鷺鷥在空中飛翔，我總是努力踩著踏板迎風向前任髮飛揚！！

只是愛陽光，愛風，愛運動，愛速度感！！

喜歡汗水從額頭沿臉頰流下的感覺！！
喜歡風呼呼從耳邊掃過的感覺！！
喜歡上坡時聽到自己的心跳與喘息聲！！
喜歡下坡時那過癮的速度感！！

小時候曾有一瞬間渴望參加奧運的念頭，僅此一瞬間但卻牢牢被記住，原來從小愛運動這種單純的「喜歡」是不會被任何條件所限制的，沒有理由的，就是喜歡啊！！

一瞬間「參加奧運」這可笑的念頭，早已改成「參觀奧運」了，2020 年的東京奧運勢在必行的啦！！

10　2013 年 12 月 7 日
心靈隨筆之三十九

在幾近燠熱的冬陽下，一群群充滿朝氣的女孩兒們盡情地揮灑著他們的青春！！

今天老大老二晏寧閔慈的學校，曉明女中 50 周年校慶運動會，看著這些女孩兒們被冬陽晒得紅撲撲的臉頰，加上燦爛的笑容，及對活動比賽的專注投入，不斷傳來的尖叫歡呼聲讓我不禁讚嘆生命是如此地美好，每個孩子都是造物者的傑作啊！！

看著後面那棟建築（它是游泳池），突然，耳邊的擾擾聲響消失了，憶起一個 12 歲小女孩的游泳人生就是由此展開，從旱鴨子到學會游泳，到參加校隊，到不管人生走到哪個階段依然熱愛游泳！！

令我懷念的游泳池啊！！讓長大後的我依然能在這樣的冬季清晨繼續游泳就是因你而開始的啊！！謝謝你，謝謝你，因你的存在造就了我的游泳人生！！

11　2014 年 4 月 22 日
心靈隨筆之四十七

遠處有山，近處有水
抬頭有雲，耳邊有風
腦中思緒，隨風飛揚
心胸滿懷，盡是幸福

就是喜歡雙腳拼命踩踏板，然後，風就對你狂笑！
就是喜歡下坡飆速時站在鐵馬上，彷彿在飛翔！

開始愛上陰天，因為，騎車才不會太熱啊！

12　2014 年 11 月 4 日
心靈隨筆之五十九

有時候，想達成某個目標，
若實力與運氣同時存在，
將可以縮短達成目標的時間！

孩子圍棋賽四勝一敗的成績，看來是很有希望更上層樓再升
高一段的，但因為前幾場對到的對手戰績不夠好而無緣晉
級！

從一場場贏棋後的「Yes！握拳」神情，到最後得知無緣晉
級的落寞神情，當媽的我能為他做啥？

來吧！回程的車上，放上他最愛聽的 CD，盡情歌唱吧！
來吧！我們去吃他愛吃的拉麵吧！
這就是人生，不是嗎？

13　2016 年 4 月 30 日
心靈隨筆之八十八

這不是炫耀文
只是因為心中有滿溢的感動感觸與感恩

老三承瀚的學校在星期五舉行校慶游泳比賽，他拿回一面蝶式 50 公尺金牌！
老二閔慈高中畢業典禮時因游泳的表現，在體育領域受獎！
老大晏寧上了大學後參加了學校的游泳校隊！

孩子們上國中之前，在泳池度過了每一個游泳的夜晚，在那近十年漫長的歲月，不斷精進泳技，培養耐力，給予機會參加比賽開拓視野，這樣快樂的過程，從沒想過會有如此的回報！感恩啊！

我想，最大的回報在於游泳成為他們終身的好朋友，就像自己，不管多大年紀，持續享受著一星期 2、3 天清晨與水的浪漫之約！

14　2017 年 4 月 29 日
心靈隨筆之 105

早晨 7：00
游完 1300 公尺
停下，抬頭！
只有我一人的泳池
是美麗的孤獨！

早晨 9：00
爬上大坑山
樹枝，藍天，汗水，喘息……

運動之於我
就只是單純的喜歡！

15　2017 年 12 月 7 日
心靈隨筆之 116

每天至少快走 1 小時 8000 步
第 36 天了，
這些持續堅持的信念，稍稍下降的體重，
走到汗水滴落的快感，加上帶著耳機聽演講的心靈成長！

都是快樂的泉源！
而，得到健康是附加的！

16 2017 年 12 月 25 日
心靈隨筆之 117

只要有心，外在條件永遠不會是問題！

個子小小的老二閔慈，身為系上女籃隊隊長，帶領大家拿到
全國大專院校大統盃女籃冠軍，這樣的人生經驗，都是滋潤
生命的養分啊！

孩子不是媽寶，我也不是寶媽，只是因為剛好在台中逢甲大
學比賽，我就混入了灑滿青春氣息的球場，感受生命的悸
動！
贏球後，孩子被隊友抬起來歡呼的場景，應該會永遠留在我
腦海吧！

我悄悄地來，捕捉到一些剎那，雖照得模糊，但卻清晰地留
在心中！
又悄悄地走，孩子不知我曾經駐足在他的主場！
屬於孩子的空間，就不打擾了……

17　2019 年 6 月 11 日
心靈隨筆之 144

那天
跟著台中市民管樂團到大業國中參與社區音樂會
背著樂器，走進校門……
就在此時，有一位學校的體育老師對著我脫口喊出「承瀚媽媽」
天啊！
是孩子們小時候的游泳和籃球教練……

這巧遇
腦中不禁浮現孩子們小學階段近 10 年間，每天晚上在泳校接受訓練的畫面
那段時光，回想起來是那麼的
快樂，勤奮，珍貴和有價值！

謝謝孩子們的努力與毅力
只因為熱情與喜歡，不為
任何目的的學習是那般的
美好！

18　2020 年 8 月 3 日
心靈隨筆之 169

人生，最基本
得先好好照顧自己！

尋尋覓覓多年
感覺終於真的找到我想要的有效方式持續運動

開始運動一個多月後
不小心成為某一天的每日之星～

靈魂，透過身體
在地球上體驗活著的一切！

好好活著
才能明白
活著好好

19　2021 年 8 月 24 日

心靈隨筆之 195

單車環島之前

每件事的發生
背後一定有個開始的理由和過程

幾年前無意間發現抽屜角落躺著 20 年前介紹單車旅遊的簡報
原來單車環島夢 20 年前就開始萌芽了呀……

夢幻的想像隨著時日的推移時而隱約時而清晰
曾有一段時間已消失腦海
謝謝管樂團好友正如在一次團練完一起走去停車場閒聊時跟我說「不要想太多，出發就是了」
這句話給了我無比的勇氣～
幾個月後終於等到好
時機
謝謝所有幫助我成行
的大家！

確定出發日後
開始了潭雅神自行車
道和旱溪自行車道的
練習日常

騎車，真的很快樂～

20　2021 年 8 月 24 日
心靈隨筆之 196

8/7 單車環島第一天
台中－嘉義 90.00 公里

盧碧颱風雖然沒直撲台灣，但旺盛的西南氣流讓昨夜如颱風
來襲般的風雨交加
沒接到捷安特環島團領隊的取消行程通知
所以，一早整裝出門！
很開心老二老三可以一起繞騎台灣！
到了集合點，領隊阿勇發下雨衣，大家毫無猶豫地穿上雨
衣，跨上單車，在大雨滂沱中義無反顧地出發了！
中午之前就跨越了西螺大橋！

風雨，無法澆熄我們熾熱的心～

21　2021 年 8 月 24 日
心靈隨筆之 197

8/8 單車環島第二天
嘉義－高雄 129.1 公里

套上昨夜未乾的鞋子，再度騎進雨中
通過北緯 23.5 度的標線往南台灣前進！
在台南往高雄的海岸邊，馬路上大風大雨不停地往身上臉上
猛撲而來
這樣的淋漓痛快騎車，太過癮了！

有謂「做你沒做過的事情叫成長」
這，應該也可說是任性的成長吧！

淋雨，怎麼會感覺這麼幸福～

通過北緯 23.5 度的標線啦！

在風雨交加中奮勇前行

22 2021 年 8 月 24 日
心靈隨筆之 198

8/9 單車環島第三天
高雄－恆春 104.5 公里

吃了潮州有名的冷熱冰，
在疫情尚在二級警戒的當下，雖然是外帶在車站角落隨處坐
著吃，但卻倍感可貴，心中感恩全民努力讓疫情降至二級，
我們才能快樂地騎著車繞台灣。
今天南台灣變幻莫測的天氣，雨天晴天陰天交替出現，晴天
雨天哪個好？覺得凡事並沒有所謂的好壞吧～
但陰天最舒服是無庸置疑的。

騎得好開心呀！

往恆春踩踩踩踏踏踏

23 2021 年 8 月 24 日

心靈隨筆之 199

8/10 單車環島第四天
恆春－知本 115.5 公里

往山裡去，往海邊跑，繞到東部見到太平洋了！
出發前，聽從建議，租了 E-Bike，陡上坡路段不用太擔心自己騎不動。
上了壽卡鐵馬驛站，接著是蜿蜒的 12 公里山路長下坡，到了海邊，又有太平洋海岸線的長降坡。
美景當前，高速下坡滑行，
彷彿在飛翔，在美妙的瞬間，飛向天際！

「我的心是曠野的鳥
在你的眼睛裡找到了它的天空」
此時泰戈爾的這首詩，浮現腦海～

有孩子們陪伴，很幸福！

幾乎要飛起來了～

24　2021 年 8 月 24 日
心靈隨筆之 200

8/11 單車環島第五天
知本－瑞穗 124.2 公里

風和日麗
近處看到一望無際的稻田
遠處有綿延的山巒和多變的雲朵，美啊～

很開心退休後移居台東的老同學來探班，還帶了自種的芭蕉
給大家吃，讓人驚豔的好吃！

這天，不僅踩上了歐亞板塊和菲律賓海板塊的交界處
也踏上了北回歸線上呢！
旅行中的記憶將成為人生中無可取代的財產～

北回歸線在地上的中線

謝謝同學拿自種芭蕉來分享，見到老同學很開心啊～

25　2021 年 8 月 24 日
心靈隨筆之 201

8/12 單車環島第六天
瑞穗－礁溪 72.53 公里

騎乘在翠綠的樹林間
雙腳不停歇地踩踏著
仰望藍天
心中滿溢的快樂，愉悅，幸福和感恩
揮灑向空中，源源不絕！

這意念
正奔向周遭，與其他生命產生共振～
蘇花公路騎單車太危險，所以花蓮到礁溪這一段就搭火車來去

26　2021 年 8 月 24 日
心靈隨筆之 202

8/13 單車環島第七天
礁溪－台北 86.79 公里

沿著東北角海岸線騎了一段濱海公路
遙望著龜山島
拍打的浪花和海浪聲讓人心曠神怡！
依山傍海的台灣真是寶島！

踩踏不停歇的雙腳
承載著孤獨與自我對話的靈魂～

龜山島！

整條馬路都是我的！

27　2021 年 8 月 24 日
心靈隨筆之 203

8/14 單車環島第八天
台北－新竹 95.98 公里

從台北市區騎到大稻埕後，有很長的一段自行車道
綠意盎然，騎著踩著就不知不覺到桃園了

和捷安特的領隊阿勇，領騎柏鈞，壓陣小黑合影留念，他們
的服務細心體貼又專業，很棒的團隊！

謝謝負責盡職的三位帥哥

因手套上的洞留下的印記，將會在多久後消失？
不管多久
這印記已深深刻在我的生命中成爲永恆的註記了！

旅程的最後一夜
期待上天能讓我感受到自我的飽滿和豐饒～

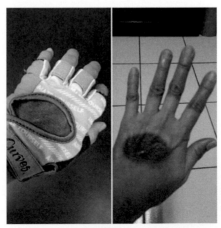
有人問說這是拔罐才變這樣的嗎？😄

28 2021 年 8 月 24 日
心靈隨筆之 204

8/15 單車環島第九天
新竹－台中 109.5 公里

騎在回家的最後一段路程
天空依然美麗
路旁稻田翠綠
海天一線視野遼闊
踩踏不停的雙腳終有停歇之時
謝謝媽媽特地要老大晏寧代買花束送給疲憊歸來的我
旅程終將結束
但，或許在回憶時將會看到更不一樣的自己！
愛極了那獎牌
彷彿為下輩子的奧運夢想而存在！

環島證書獎牌頒發

好喜歡～

29　2021 年 11 月 17 日
心靈隨筆之 209

有時
旁人無心的一句話
也能讓人開心好一陣子啊～

去打新冠疫苗第二劑時
護理師照例先摸摸手臂，擦酒精時說
「咦，硬硬的……
是肌肉嗎？
你是不是有在運動？」

當下挺開心的

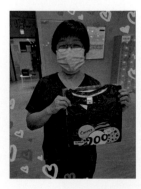

到 Curves 運動一年多，最近紀錄顯示
已經去運動 200 次了
如今受到專業護理師不經意的肯定
將是繼續努力的動力

覺得任何想法與期待
只有在付諸於生活中實行
才會產生價值

30 　2021 年 12 月 24 日
心靈隨筆之 211

生命
不管走在哪一個階段
都要好好活在當下！

人生的後半
能找到夫妻共同且可以互動的興趣
是幸運且美好的事

我可以開心地去團練
在家練樂器看電影
對方可以愉悅地去上書法課
在家算數學讀古書
然後
一起去打一場桌球
接受對方有自己無法觸及的部分
感情的空間應該會寬廣許多吧！

31 2022 年 4 月 7 日
心靈隨筆之 216

在可爾姿運動的感想短文被貼在牆上

生而為人
每時每刻都會出現許多念頭
但念頭就只是念頭
沒有行動
念頭永遠都不會成為事實

在付諸行動的過程
期許自己內心的時間軸
永遠是現在
不是過去
也不是未來

32　2022 年 9 月 15 日
心靈隨筆之 220

該怎麼說
其實也不是想挑戰什麼
就只是想騎 Ebike 上武嶺

向著目標
不管陡坡下坡難行順行
只要不停下腳步，最終還
是會到達目的地

而到達目的地不是得到快樂的唯一原因
重要的是
不停踩踏的充實與滿足
和用剛剛好的速度享受與大自然共處的時刻
才是最大的喜悅來源

GIANT
ADVENTURE
捷安特旅行社

3275
武嶺

茲證明　林勵娟　君
參加北進武嶺自行車之旅
挑戰成功

活動路線：新店→坪林→石牌→礁溪→羅東→三星→南山
思源埡口→武陵→梨山→大禹嶺→武嶺

活動日期：2022.8.14 - 2022.8.16

挑戰距離：　236KM

總爬升：　7268M

捷安特旅行社
總經理　鄭秋菊

33　2022 年 9 月 28 日
心靈隨筆之 221

發現
人生只要多一點點的勇敢
就會有多一些些的精彩

一年多前和老公開始打桌球
最近潭子桌球協會舉辦桌球比賽，本覺技不如人不敢參賽的
我們，受到主辦人寶濟的鼓勵，在最後一刻硬著頭皮報名了

當然
運氣成分居多
夫妻雙打組有四隊報名
我們竟然拿到亞軍
雖然我們的程度實在無法稱為選手
但比賽過程好玩又刺激
為生活增添了許多色彩！

這讓我想起我大學時期也參加過中友會辦的桌球比賽
過程不復記憶
應該有得名
不然不會留下這兩張受獎照片

覺得過去和現在連結在一起了。但，我要謹記
「唯有當下」是最真實的存在

人生只要多一點點勇敢

就會有多一些些的精彩

三、鍾情太鼓

1 2010 年 12 月 18 日

學太鼓初始的純粹

2 2011 年 11 月 19 日

鼓棒敲向鼓面的瞬間蘊含著多少情感

3 2011 年 12 月 15 日

12 月 24 日下午在美術館綠園道有場表演！
這樣的架勢我喜歡

4 2012年6月24日

能展現這樣的笑容，可知我們多麼的享受打鼓和演出

5 2012 年 7 月 15 日
心靈隨筆之十

梅荖打擊樂 20 週年慶音樂會之開場表演，和團裡三個伙伴
大膽地接了下來，第一次在這麼大的場地，第一次只有四人
一起表演，但，我明顯地感受到打太鼓兩年半來首次在台上
有種享受的感覺，謝謝櫻桃教練在我們彩排時還風塵僕僕地
趕來替我們聽音色，調位置。上台的半小時前，我們的手心
開始冒汗，雙手漸漸冰冷，胃開始抽痛，頭腦逐漸混亂……
但當第一響敲下去後，一股清新的情緒逐漸佔滿心房，一種
讓人不知不覺露出笑容的溫暖情緒！！
伙伴們，演出成功，謝謝你們！！

6 2012 年 10 月 4 日

從小對日本的お祭り（祭典）情有獨鍾，在日本時每每看到在臨時搭建的舞台上打鼓跳舞的人，總生出一股莫名的親切感，再加上輕快的音樂助陣，讓我也不禁手舞足蹈起來了！！我尤其嚮往極了那些打太鼓的人！！

兩年半前，以惠妹妹的一個起心動念，加上她積極的行動力促成了此太鼓團的成立，爾後教練對我們殷殷的期許和學員好姐妹們的努力堅持，在十一月終於要登上這大舞台了，五分鐘的曲目得花好幾個月練習，但每個星期課前的期待，課中的享受和課後的回味讓我們都樂在其中呢！！

7 2012 年 11 月 1 日

日本太鼓的魅力無法擋！！
11/4 終於要公演了，皆さん，頑張れ！！
公演發佈的官方照
即將登上大舞台的大家，散發出無法言喻的氣息

8 2012 年 12 月 29 日

在學習太鼓近三年的這次表
演，感受到的不再是初期表
演時的緊張，也不再是擔心
打錯的不安，而是，盡情揮
灑的快感與站在舞台上團隊
合作的過癮和感動，為了台
上短短的幾分鐘，一練再練
的過程，只要熱愛，不是辛
苦而是享受，但得到的回報
卻是如此甜美，我想，在每
個領域有傑出成就的人，必
定嚐盡這種甜美果實吧！！
每一次的演出都是在凝聚彼
此的默契，實力是靠經驗與時間來累積的！

9　2013年8月30日

心靈隨筆之三十五

從沒想像過這樣的衣服有一天會掛在我身上，上面還搭著一顆我的頭，很不協調的感覺啊！！

自從三年多前開始打太鼓以來，一直很享受那震撼心底的音頻，團員們辛苦練習後總是有機會出去亮亮相，沒想到出去亮相的場面越來越大，教練和團員們絞盡腦汁希望讓我們的出場能讓觀眾眼睛為之一亮，於是這樣的表演服就誕生了！！

記得幾個月前去聽了一場盧蘇偉老師互動式的演講，有一學員問了一個問題「當你身處一個跟你平時的個性或打扮非常不合的活動或團體時你該如何自處？」盧老師回答「你就活在當下！！雖然這不是你平常的樣貌，但既然當下已在這樣的情境內，你就試著跳脫平常的窠臼隨環境起舞吧！！」

盧老師的這段話我聽進心坎兒裡了，人生，總有機會遇到這樣的情境，放開心胸坦然融入當下，或許你會遇見不曾見過的自己，相信人生將會更多彩！！

10　2013 年 11 月 2 日

明天是我們太鼓一年一度的公演日，今天下午要舉行第二次彩排，教練說，為配合這次的表演服，建議團員們比照去年畫個舞台妝美美得上台吧！！

呃……這所謂的舞台妝，依去年的經驗，是要戴假睫毛的……

喔！！我可憐的小眼睛，視野本就不大了，再被濃密的假睫毛遮住視線，祈禱明天戴上假睫毛後不要跌個四腳朝天了！！呵呵呵！！

原來消遣自己是這麼快樂的一件事啊！！哈哈哈！！

11　2014年10月19日
心靈隨筆之五十七

一心不亂～～～享受專心打鼓

有一段文字深植我心……
所謂「心流」是指「一個人完全沈浸在某種活動中，無視於其他事物存在的狀態。這種經驗帶來莫大喜悅，使人願意付出代價。」
而，產生心流經驗的學習，會帶給學習者極大的滿足感而樂此不疲！

原來，我的心與鼓之間已產生了心流！每每要打鼓時是迫不及待且樂此不疲啊！
那震撼的鼓聲，專一的心念，確實能帶來深層的快樂，一種難以言喻的喜悅！

12　2014 年 11 月 1 日

成立 2 個月的漾太鼓今天初試啼聲，完成了我們的處女秀！

13 2015 年 7 月 26 日
心靈隨筆之七十六

一直學習，是為了
想遇見更美好的自己！

第一次與吉鼓座太鼓團遠征台北表演，在順利完成任務的同
時，看完表演錄影檔，發現一些還可以修飾潤飾改善的眉眉
角角，為了下一次有更完美的演出，繼續加油！

沒錯，這一切都是為了……
遇見更美好的自己！！

14　2016 年 5 月 25 日
心靈隨筆之八十九

5/21 的午後，再一次和吉鼓座的伙伴們經歷了一場太鼓表演，感恩伙伴們的完美演出！

但，我清楚明白自己在表演過程中發生了小瑕疵，很內疚，很懊惱，不過也讓我懂得了
《一場完美呈現的演出需要許多元素的配合，包括了在發生小瑕疵的同時如何巧妙地修正到讓觀眾覺察不到》
當施教練如是說時，我頓悟到世間沒有十全十美！

也謝謝在音樂界任職的好朋友靜英告訴我
《世界級的鋼琴家上台獨奏時也沒有不彈錯的，重點是演奏錯誤時要完美得混下去，讓聽眾覺察不到，這就叫高明！》

於是，我不再內疚，不再懊惱，能繼續快樂地享受打鼓，享受表演！

15 2016 年 12 月 27 日
心靈隨筆之九十八

昨天進了監獄！
哦！是進監獄參觀！

感恩吉鼓座太鼓團團長何志揚律師的安排，昨天早上到彰化二林監獄參觀，並舉行太鼓的交流，獄所內受刑人所組成的太鼓團的表演，令人震撼！

鼓聲的穿透力在在顯示他們的心就在鼓聲中，
那眼神的專注，
動作的優美，
無差池的整齊劃一，
能近距離欣賞到如此高水準的表演，真是享受！

他們雖是受刑人，但一想到他們也曾是被母親生出的小小生命，心，頓時柔軟起來，希望這些誤入歧途的心靈，能夠從學習太鼓的過程得到救贖！

16　2017 年 4 月 17 日
心靈隨筆之 104

當自己還是小小孩時，
看到日本街頭祭典中，
在露台上帥氣打著太鼓的人，
目光總會被吸住……

7 年前因著以惠妹妹的邀約，走入了日本太鼓的世界，直到今年二月退出！

這近 7 年的打鼓時光，隱約中總把自己幻化成如小時所見，在舞台上打著太鼓的帥氣身影，如今想來，是真切又虛幻！

人生如夢！
這場夢醒了，期待下一場夢境會是什麼樣的場景？

生活，總在學習旅程中發現生命之美！

四、我所愛的家人們

1　2011 年 5 月 8 日

媽媽，
妹妹和我，
三個媽媽，
快樂的母親節，
愛媽媽

2　2012 年 1 月 6 日

2011 年，最值得懷念的
記憶，就是這張全員到齊
大合照
謝謝從美國，日本，馬來
西亞同時一起回到台灣的
家人們
凡事沒有所謂理所當然，
心中只有感恩！

凡事沒有理所當然
心中滿懷感恩

3 2012 年 5 月 13 日
心靈隨筆之五

雖然平常的我，不是一個頂愛和小孩子接觸的人，但我清楚地記得在很年輕的某一天午後，帶著姊姊的孩子到小公園玩耍，當下聽著許多玩耍的孩子們悅耳稚嫩充滿歡愉的笑聲，看著他們因一點點快樂而露出大大滿足的笑容，尤其孩子眼神中的透澈純真深深吸引了我，讓當時尚未有對象的我心中竟閃過一個念頭：我要生三個孩子……哈哈，二十多個年頭過去了，回頭一望，我多麼的感激孩子們陪我走過這些歲月，讓我享受當母親的快樂，在老三承瀚 12 歲生日這天更有種不捨的情緒，因為，他們都長大了，外面的世界何其寬廣，「放手」也是需要學習，我想給他們的是滿滿的祝福！！

4　2012 年 6 月 14 日
心靈隨筆之六

老二閔慈的畢業典禮，
過程溫馨感人，充滿了成長的驕
傲與誠摯的感恩還有深深的祝福
和諄諄的教誨！！
青春！！！
真是人生中動人的樂章啊！！
盡情的揮灑屬於你們的燦爛吧！！
而我，也享受著歲月洗鍊過的二度青春，
美好的人生就在當下，好好珍惜！！

5　2012 年 6 月 20 日
捨不得孩子長大的母親也必須面對的喜悅！！

老三承瀚小學畢業了，感
恩所有讓孩子成長的老師
們，是您們讓孩子茁壯，
展翅迎向美好的未來！！
校長頒發全年級第一名的
「明原菁英獎學金」
孩子，繼續加油！

6 2012 年 7 月 9 日

心靈隨筆之八

在一次演講中聽到一句話讓我印象深刻——「人生的終極目標應是抽象而高遠，是遠大而達不到，卻可以讓你循序往前」，當下不太懂他的意思，直到有一天終於明瞭。

話說承瀚在六年級上學期拿到全年級第一名的明原菁英獎學金，這樣的榮耀與受肯定讓他暗自訂下六年級下學期一定也要拿下第一名的目標，整個學期雖非汲汲營營於成績表現，但這目標卻也讓他對每次的考試認真以對，學期接近尾聲即將畢業的他，有一天放學途中在車上，淡淡地說了一句「這學期我又是第一名」彷彿在說「今天在學校有同學被老師罰站」般的語氣，此時那位演講者的那句話竄入腦海，是啊！！那種達成目標後的悵然若失是難以言喻的感受，我們要享受的是那過程，當然，近程中程目標還是應具體而明確，但，是否該找個終極目標是遠大而達不到，但卻可以讓自己循序往前的呢？？

就像丞燕國際機構的創辦人昭妃博士「建立一個沒有疾病的國度」就是他偉大而遠大的夢想！！

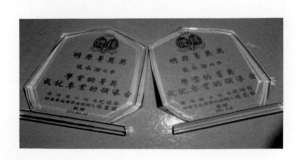

7 2012年8月13日
心靈隨筆之十二

看到遠遠的小小的人兒沒？？

這樣的畫面在還沒具體實像前，就不知在我腦海中播放過多少次了，因為我相信三個孩子上中學後必然會走這條路上學，果然一個一個的實現了，從四年前的老大，三年前的老二，到現今的老三，這是孩子們邁入人生新階段的昂首跨步！！

升上國中後，每天一大清早，背起書包走去坐校車，當他們出了門，我就等在五樓的書房窗口數算著他們的步伐，數分鐘後身影出現巷口，望著他們經過的那幾秒總讓我滿足又感動，心中默默地祝福有個美好的一天！！

這畫面讓我不禁憶起，在我還在唸書時，每回去大姊家陪當時才兩三歲的小外甥玩，然後在我離開時，他總是馬上跑去面對巷口的窗戶等待，等待我走到巷口時對他熱情地揮手！！

有些美麗的畫面不需刻意記住就會永留心底！！

就像這樣的畫面，我相信不管我到幾歲，在我腦海中必定永不褪色！！

感恩住的房子有這樣的視野空間角度方位能讓我有機會享受這小小的實境人生！！

8 2012 年 8 月 22 日
心靈隨筆之十三

全家花蓮三日遊

花蓮的鯉魚潭，本該是水面上漂滿腳踩鴨子船，岸上遊客穿梭如織的場景，托天秤颱風來襲，但腳步緩慢，加上媒體大肆警告的福，商家早早把鴨子船不知藏到哪兒去了，遊客也因擔心颱風而銳減，因而我們可以很悠閒地坐在碼頭岸邊與大自然交心，騎著腳踏車迎著風過癮地環潭兩圈。

花蓮七星潭海天一色的美景，天祥太魯閣峭壁瀑布的鬼斧神工，海洋世界可愛的海獅海豚秀……花蓮的景色想讓人一再探訪並在每回的足跡下製造美麗的回憶！！

值得一提的是，花蓮的扁食有名，我們先去探訪了牆上貼滿歷任元首光顧過的名店，是好吃，但，他們卻完全用免洗餐具，讓我們大大的扣了分，第二天我們去另外一家也是名店，沒用免洗餐具的店家讓我們覺得舒服，所以第三天再度光顧了。

旅行，是一件美好的事！！

9 2012 年 10 月 11 日
心靈隨筆之十六

這是讓人心疼的重量！！

昨晚睡前看著念國一的老三整理好的書包，心想，這書包到底有多重啊？往電子磅秤一放，天啊～，10.6 公斤～
一再叮嚀不要背那麼重啦，到底是教育部的問題還是自己孩子的執著？？

坐校車的他每天得背著這龐然大物走向校車集合站，要載他，他客氣地說「不用，不用，我自己走就好」。
但……靈機一動，我的一個星期三次與水的約會，何不提早出發，跟孩子說「媽媽要去游泳可以順便載你」，這樣他欣然接受了，因為是順便！！一舉兩得！！這樣八點半以前我就可以游完 1000 公尺！！重要的是可以減輕孩子至少每週三次背著龐然大物走一段路的重量呢！

10 2013年2月1日
心靈隨筆之二十三

五年前和四年前老大和老二小六時參加
了曉明女中為小六生舉辦的生涯準備
營，當時踏進校門令人印象深刻的是隨
處可見到笑容可掬，親切溫暖的高中學
姊們，他們將帶領這群小女生認識新的
世界，如今老大老二也成為這樣的學
姊，努力地學習與練習希望能帶給小學
妹們快樂時光！！

一直捨不得孩子們長大，但看著他們成長學習又有說不出的
喜悅，青春年少的寶貴光陰，除了課業是本分外，很高興他
們願意花時間精神做服務的工作，或許，在未來的人生中這
會是最有價值的學習吧！！

盡情揮灑青春吧！！因為青春不會重來！！

11　2013 年 4 月 16 日

學校爲高二的孩子們安排了莊嚴隆重的「成人禮」
禮儀中透過師長們用心的引導
讓孩子清楚地體悟成長的眞義是「感恩」、「責任」與「希
望」
更讓孩子們在靜謐的環境裡
認眞地去思考未來將如何活出生命的活力
成爲一個嶄新的人！

孩子，希望未來你能成爲你喜歡的大人的樣子！

12　2013年6月2日
心靈隨筆之二十八

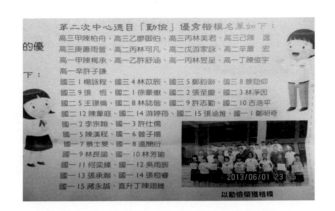

這是翻拍自老三學校每個月固定出刊的校訊的一個小角落。
今早在隨意翻閱這份刊物時，咦？左下角赫然發現「國一 13 張承瀚」，相片第一排最右邊拿著「勤儉」字樣的孩子好眼熟啊！

全班 50 多位同學，要怎麼認定哪個孩子是勤儉的呢？這引發了我的好奇心，原來，導師要每個孩子說出自認為自己最符合勤儉的事蹟，再由大家票選，哈哈哈，老三的事蹟「勤」不敢講，倒是蠻符合「儉」的，他說，他的鉛筆盒從小學一年級用到現在，嗯！！有夠節「儉」，用了這麼久的東西當然又舊又破，早就要他換，就是不肯，沒想到這樣的堅持竟換來這樣的榮譽？！

真是世事難料啊！！哈哈哈！！

13　2013 年 6 月 9 日

親愛的爸爸媽媽於改建後的民俗公園留影
一對帥氣美麗的父母
感恩有幸成爲您們的孩子

14　2013 年 7 月 7 日
心靈隨筆之三十一

和表哥表嫂和孩子們的澎湖行，不免俗的吃海鮮，浮潛，
欣賞海景，夜釣小管……！
騎摩托車馳騁在海邊的感覺好棒啊！！這畫面一定永留腦
海！！
吉貝島的夕陽超美，捕捉到這畫面——
老公在這麼美的夕陽下還是如老學究般的姿勢，所以我該
學著對他少點浪漫的期待，呵呵！！
三個孩子能再有多久的時光在身邊呢？珍惜啊！！

15 2013 年 8 月 8 日
心靈隨筆之三十四

父親節的今天看著這張照片感覺特別特別幸福！！

一個坐在爸爸大腿上的兩歲小女孩，身旁有兩位親愛的姐姐，可惜以惠妹妹尚未出生，媽媽想必是掌鏡人，正逗著我們笑呢！！

那笑容是那麼的天真無邪，孩子的世界好單純，此時的父母應該也是為了養育我們而面對許多人生挑戰吧！！

感恩現在能天天見到父母親，這是最最幸福的事啊！！

16 2014 年 1 月 7 日
心靈隨筆之四十

2013 年的 12 月 29 日我們白鷺林家的大集合！

那天，血脈相連的家人們歡聚一堂，大家忙著向敬愛的長輩請安，與懷念的平輩招呼敘舊，並努力記著晚輩們可愛的容顏，度過了愉悅的時光！！

此時此刻心中滿滿的愛與思念，在人海茫茫的地球上，因著是家人，我們有了連結，並豐富了彼此的人生風景！！
感恩祖先們的庇佑啊！！

17　2014 年 1 月 7 日
心靈隨筆之四十一

2013 年末之跨年夜，19 個人共同完成了這幅畫！！

大姊嫁日本，二姊在美國，妹妹嫁馬來西亞，旅居各地的家
人們，尤其是年輕的第三代難得聚首，正在學畫的以惠妹妹
有了一人一筆畫完成一幅圖的發想，這幅畫於焉誕生了！！

輪到我時，幾乎從不拿畫筆的我，戰戰兢兢地拿起畫筆屏氣
凝神想從腦海中尋找靈感的蛛絲馬跡，但卻遍尋不著，索性
手舞足蹈地任畫筆在畫布上揮灑，畫畫與創造力一直是我的
弱項，謝謝以惠妹妹的實踐發想，讓我有勇氣嘗試所不想與
不敢！！

18   2014 年 2 月 10 日
心靈隨筆之四十三

明天又是一個新學期的開始，晚上在冷颼颼的空氣中送念高二高三的老大老二回宿舍，家裡頓時變冷冷清清，一股思念之情湧上心頭！

其實再四天她們就又回家了，說思念有點沉重，但看著客廳掛著的她們上學期美術課畫的自畫像作品，心中頓時溫暖起來，這一點點的思愁馬上溶化啦！

19　2014 年 2 月 26 日
心靈隨筆之四十四

還記得這個可愛的小男孩總是不時跑來跟我說：三姨，陪我玩！

還記得在日本唸書時，每逢假期去大姊家前總是會去7ELEVEN 買個小小玩具，就是因為想看到他雀躍的神情！還記得每次要離開大姊家返校時，這小男孩會趕緊跑到窗邊等著我走到巷口回頭跟他揮手！

如今，這小男孩要結婚了，悠悠的歲月讓他成了大男孩，心中不捨的情緒氾濫，不捨他長大了！

祝福這可愛的小男生邁向新的人生階段！

20 2014 年 4 月 30 日
心靈隨筆之四十八

這是一間大學的大門口，不管是哪所大學，它是我家老大
訂下的目標，我開心的是她達成了她自己訂下的目標如願
踏入此門成爲它的一份子！

人生，有了目標等於有了方向不致迷失！
目標，隨著向前的步伐離夢想越來越近！

恭喜你，孩子！你已穩健地踏出了第一步！

21 2014年5月2日

上次於日本東京，家族全員大集合是 2007 年的事了！這次
托大姊兒子結婚的福，大家蹺班的蹺班、蹺課的蹺課，克
服萬難，老老少少 10 人從台灣出發去日本參加婚禮去！
原本擔心年邁的父母，即使短程的旅行對他們來說還是很
辛苦，幸好有安排了入出關航空公司輪椅服務，加上因為
第一個孫子要結婚而心情愉悅，我們平安抵達日本了！

22　2014年5月8日
心靈隨筆之四十九

這樣美好的場景竟有幸置身其中！

日本的教堂婚禮與台灣的傳統婚禮很
不一樣！
結婚，眞的是人生大事，
因爲，從此你就與此人牽連一輩子，
幸福，掌握在自己手上！

可愛的祥治小外甥，請你要好好呵護
優子新娘哦！

23 2014年6月8日
心靈隨筆之五十

咱家老大下星期就要高中畢業了！

其實學校在一個月前課程已結束，學生們的出席時數也夠了，所以放了他們自由！

在這一個月中我看到孩子沈浸在自主學習的瘋狂享受中，泡圖書館、舉辦小小論壇、學吉他、勤練小喇叭、台北參加童軍活動、跑去高雄看白先勇的舞台劇～孽子～還見到他本人、要去台北聽金頌銅管樂團的演奏、參加由高中老師們舉辦的讀書會、甚至去體制外的森林學校與老師學生們共同生活了四天三夜、早起游泳、去爬山、自己搭公車去買材料烤餅乾給家人和送去給尚在為指考奮鬥的同學吃……真是豐富又燦爛啊！

很認同以下的一段文字：

身為青少年的父母，我們必須知道，未來的世界將大不同了，孩子不可能再走我們走過的路，現有的秩序也都靠不住了，我們只剩下一個選擇，讓孩子有機會活出自己，相信孩子會找出自己的道路！

祝福即將畢業的孩子們！

24　2014 年 9 月 1 日
心靈隨筆之五十五

國高中開學了，這意味著家中的老二老三正式進入水深火熱的烤生生活了啊！（雖然高三的老二早就上緊發條了）。

面對台灣教改的亂象，我們這種市井小民唯一能做的就是培養自己的實力！

生命是一種長期而持續的累積過程，這幾個月的努力只要盡力就有收穫！

希望今年五月在東京明治神宮拿到的御守，對信心有加分作用！加油！

25 2014 年 9 月 12 日
心靈隨筆之五十六

幾個星期前，
馬來西亞的朋友素心突然私訊了這張 18 年前的相片給我，
感恩她保存了 18 年前我寄給她的相片賀年卡！

看著這相片不禁回憶起這小娃兒成長的點點滴滴，感謝她豐富了我的生命，許多的曾經是那麼鮮明地駐足在我的生命軌跡中，如今，這小小娃兒 18 歲了，幾天前送去台北上大學了。

我知道，我必須開始學習做成年孩子的父母，站離他們遠一點，為獨立展翅做預備！
在此同時心中不禁湧起一股淡淡的惆悵……

26　2015 年 1 月 30 日
心靈隨筆之六十五

整理東西時這張 7 年前的相片映入眼裡，最右邊的小男孩是
當年 7 歲的老三，左邊兩個大男孩是大他十幾歲的日本大表
哥。
對 7 歲的小男孩來說，雖然語言不通，但打從心底崇拜著已
是大學生的大表哥，由此相片可知，大表哥的所有動作他都
覺得很酷，一定要來一個一樣的，哈哈！

在不經意的某時，驀然回首
當下的幸福是那麼的閃閃發亮

所以，
現在的某一刻也將是未來回首時的幸福泉源吧！
孩子會長大！
每個年齡都值得珍惜！

27　2015 年 3 月 30 日
心靈隨筆之六十七

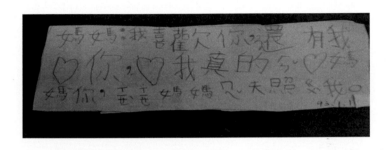

翻閱舊筆記時，此張 11 年前當時 7 歲的孩子隨手寫的紙條不經意間飄然而下！

小小身影還歷歷在目，
小小孩的軟嚷耳語還在耳邊迴盪，
愛，不曾歇息！

愛，不曾歇息！

28　2015 年 5 月 1 日

高齡 88 的父親，在台中一中的百年校慶慶祝會中，獲頒傑出校友獎。

父親不論在當年的學術研究上，或是這十幾年在國際扶輪上的努力，除了得到眾人的肯定外，還造福了許多人們，這些對社會的貢獻事蹟，讓人欽佩與尊敬！

家族三代共同出席，與有榮焉！

爸爸謙虛的留言：

謝謝你們的誇獎，因今年是台中一中創立百週年，傑出校友要選滿到百名，否則輪不到我，哈！哈！你們的祝福是我的幸福！感激！感激！

29　2015 年 5 月 9 日
心靈隨筆之七十

媽媽的合唱音樂會，聽著聽著，心頭湧上一股暖流⋯⋯
是佩服
是驕傲
是難以言喻的感動

當年台中扶輪社夫人合唱團的成立，媽媽是創團元老，付出了很多心血，從有了發想到付諸行動成就了三十年後今日的畫面！

草創一個合唱團是多麼的不容易
維繫呵護使其茁壯進步更加不易！

是什麼樣的精神可以三十年持續不間斷地練習？
是什麼樣的心態讓 84 歲的女士如小女孩般歡唱！

這就是您呀，媽媽，我最親愛的媽媽！

以惠妹妹描繪同一位媽媽的貼文：

高齡 84 的母親，在 30 年前成為台中扶輪社夫人合唱團創始團員，在許多當時一起創團的同伴或仙逝或生病，但她仍硬朗地保持一顆年輕的心，每週一練風雨無阻，至今堅持不墜，於今天舉辦三十週年演唱會，以台灣民謠為主，穿插國語、英文、日文和韓文歌曲，共 31 首，歌聲動人，完全不似平均年齡有 60 以上的合唱團。在這母親節前夕，為我母親喝采，也向這些努力不懈的女性們致敬。

30　2015 年 6 月 26 日
心靈隨筆之七十三

生命中最重要的三個男人
父親、丈夫、兒子
三代唸同一個高中
是極深的緣吧！

在不同的時代背景下
卻在相同的空間活動

在不同的人事物交錯中
卻在相同年少輕狂的青春歲月

在百年校史的校園
或許兒子的足印會踏上了父親曾踏過的足跡
或許兒子的教室曾有丈夫的朗讀聲迴盪其間！

生命是何其奧妙！

一位大學同學的留言深深觸動著我的心
《溫溫柔柔的語調，似榮耀又低調敘說，說一個女性的知足
與幸福！或者也是感恩生命的圓熟！》
謝謝同學的懂

31　2015 年 8 月 23 日
心靈隨筆之七十七

60 年前一對新人組了一個家庭
60 年後這個家庭變成了 23 個人

是什麼樣的情懷
能讓散居世界各地的家人們
一個都沒有少地齊聚一堂？

歡聚是如此的短暫
但卻永留 23 人的心中
尤其這幅大家共同完成的剪貼畫
是那麼樣的溫暖著我們的心！

祝福爸爸媽媽結婚 60 週年快樂

32 2015 年 10 月 22 日
心靈隨筆之七十九

孩子長大離家展翅翱翔了！
5 個人的小家庭終有一天不會再是 5 個人！
珍惜現在偶而能 5 人同在家的時光！
從台北的學校匆匆返台中的家又回學校的 24 小時內
或許趕作業，或許睡久久到自然醒，都無損同在一屋簷下的
幸福感！
就是享受單純的美好！

33 　2016 年 3 月 5 日
心靈隨筆之八十六

看著這七年前的自製賀卡，
想著孩子們在管樂的路上，
有著許多繽紛燦爛的回憶，
自此……
仍在繼續製造值得回憶的美好！

3/5 老大老二即將在全國音樂賽中各
自為自己學校管樂團效力而打對台，
加油吧！不管是哪間學校優勝，都讓
人開心！
3/12 老三在進入高中學校的管樂團
後，也要在中區全國音樂比賽出賽
了，一樣加油！

參賽是進步的捷徑
這句話是昨天我的低音號老師說的，說得真好！
努力過後得到的回報是甜美的，但要
記得享受過程
記得欣賞沿路風景哦！

34　2017 年 5 月 22 日
心靈隨筆之 107

飛揚的青春啊！

老三班上的「專題研究成果發表會」有太多的驚喜與感動！
孩子們學到的不只是知識，更是從共同完成艱鉅任務中體會
到的人生歷練與態度。
對！
就是讓活動從無到有，一切的細節規劃與分工合作！
就是盡責地在自己研究成果看板前等待有人發問！
就是雖緊張，但仍落落大方地拿著麥克風在台上侃侃而談！
兒子為了這場成發而作的人生第一首歌曲，在成果發表會的
最後呈現給了大家，好聽極了，為什麼百聽不厭？

17 歲的孩子，還有多少時間能讓父母在身旁陪伴？

35 2017 年 6 月 28 日
心靈隨筆之 110

週二出遊日，
始於 2015 年 9 月，固定班底有爸爸，媽媽，以惠妹妹和我，
當然，偶爾會有偷得浮生半日閒的家人來插花！

我們探訪台中市大大小小的公園綠地，植物園，美術館，科博
館，全都有我們的足跡，看看展覽，吃吃小吃，還看過 2 次電
影呢！真酷！
希望我 90 歲時也能像爸爸媽媽現在一樣，進電影院看電影！
美麗而簡單的幸福啊！❤

36　2017 年 7 月 28 日
心靈隨筆之 112

今年的世界女童軍大露營在蘇格蘭舉行！

老二閔慈，7 月開始一直忙於籌劃帶領高中母校，國高中 3 梯次的新生營活動(想必這也是童軍精神吧！哈哈！)，還好還有一天空檔，整了行李，昨夜風塵僕僕地飛往蘇格蘭！

10 天的大露營，10 天的自助旅行，將會經歷什麼樣的
或一瞬間
或一場景
或一眼神
來影響你的生命呢？
就像 28 年前一位萍水相逢的智利朋友給我的一個微笑，深刻腦海，至今依然溫暖著我的心！

孩子，20 歲的旅遊記憶，希望能成為你未來人生中無可取代的財產！

37　2017 年 10 月 13 日
心靈隨筆之 114

因為有愛，所以存在！

存在於從 2017 年父親 90 歲的
現在，一直回溯到的從前。

類似場景，情懷依舊！
近半世紀的人生況味，
總有彼此的足跡留連其中！
在模仿小時的自己的瞬間，
就是個美好的當下！

謝謝親愛的爸爸媽媽，
謝謝親愛的姊姊妹妹，
在這一生美麗的相伴！

38　2017 年 10 月 24 日
心靈隨筆之 115

三個孩子天使般的笑容，融化了我的心！

抱著大姊的孫子，不禁讓我憶起了 20 年前，初為人母時，
曾經的悸動！此時細細回味，依然有著莫名的感動！

當時的育兒日記中寫道：
感謝老天爺賜予我三個如此美好的生命！

是啊！
因彼此生命的連結，匆匆 20 年，把曾經未知的未來，化為
共同踏過的足跡！
是那樣的令人感恩與滿足！

39　2018年3月7日
心靈隨筆之119

此時無聲勝有聲……

每年進攝影棚照全家福相片，已持續了22個年頭！
在影片中一分鐘內長大了的小 baby 已到了展翅高飛的時候了，鼓動翅膀，飛向未來！

能參與一個生命的成長，並與他們同行一段是如此美好！

40　2018年7月19日
心靈隨筆之 123

夢～
喚醒了內心底層的懷念！

昨天陪剛拿到駕照的老三首次正式開車上路，嗯！挺不錯，穩健，有膽！

今早醒來，記得清晰的夢境是三個孩子還是小小孩時，蹦跳，可愛，軟噥細語！

在似醒非醒間，孩子白天坐在駕駛座開車，和夢中小小孩的模樣，不停交錯出現！

溫熱的雙眼不由自主地流下淚水！

長大很棒！
但在偶爾的偶爾，依然
會想念起
撲鼻的嬰兒香
稚嫩的童音
與一切曾經的甜蜜！

這樣的偶爾，在人生旅
途中是如此耀眼……

41　2018 年 8 月 25 日
心靈隨筆之 124

這樣的視野角度把一家人和衝入雲霄的樹木一併入鏡了，酷！

得承認，家庭小旅行時，不小心把民宿訂在離景點開車要一個多小時的地方，路不好走，又下著雨，但，一路上沒有人抱怨，沒有人不耐。
我只好自己說，啊怎麼沒有人說我這麼笨呀，訂那麼遠的民宿。
孩子竟然說「媽媽花時間規劃安排旅遊，感謝都來不及了呢！」
啊⋯⋯他們都好善良啊！

朋友留言：
好喜歡勵娟的心靈隨筆，每每讓人好感動好有共鳴。

好感人，好有畫面的心靈隨筆之 123。妳曾經說過，養兒育女不辛苦，是幸福和快樂，妳喜歡的。這一瞬間，深深感受到你的幸福！

42　2018 年 9 月 13 日
心靈隨筆之 125

背影和 tuba

是的！老三終於也上大學離家了，謝謝老天爺給我機會與三個孩子同行一段人生路，美好溫馨的旅程暫告一段落，接著，屬於天地宇宙的你們，自由翱翔吧！

是的！學了多年的低音號 tuba，雖然還有非常大非常大的進步空間，但，不知怎地，這場 10/7 的台中市民管樂團創團音樂會，多麼希望所有的親朋好友都能來給我們拍拍手！

所以，背影和 tuba 的關聯在於，我把心中的感恩，思念，自由與愛融入在 tuba 低沉的嗓音裏，並在樂曲中點點閃爍！

43　2019 年 1 月 5 日
心靈隨筆之 132

那陌生的一瞬間
照片中燦笑盈盈的四輪
車男孩之十多年後……

在昏暗微細雨的台北羅
斯福路上，站在路旁等
著準備與下課後的孩子
共進晚餐，年輕學子們忙碌地穿梭在眼前，突然一輛腳踏車
煞車在眼前，一身黑衣黑帽黑手套的男孩騎在車上。
「這個男孩還真帥」的意念剛起，才意識到是自己的孩子，
哈！對自己剛起的意念有點赧然，但，這陌生的一瞬間在心
中卻久久不散！
孩子，不斷地在成長蛻變啊！

我清楚明白，有了愛與信任，孩子們不管到天涯海角，都會
好好的！

　　有了愛與信任
　　　孩子們不管到天涯海角
　　　　都會好好的

44　2019 年 2 月 25 日
心靈隨筆之 136

30 年前的類似場景再次重現！

老二出國當交換生，一群朋友到機場送
行，留下了珍貴的相片，這場景一如 30 年
前，我要離開日本時也是一群朋友到機場
為我送行般的令人感動！

迴盪了 30 年……溫暖的情感依舊在心中！
那，30 年後，孩子若在不經意間看到這相
片，也會有跟我現在一樣的感受嗎？

然而，重要的是，不管 30 年前，還是 30 年後，走在生命的
那個階段，就是最美麗的當下！
祝福孩子收穫滿滿～

走在生命的那個階段
就是最美麗的當下

45 2019 年 3 月 28 日
心靈隨筆之 138

老公說
有了整套的古今文選
可以退休了！

意思是說
整天埋在文字中
也可以活得很快樂嗎？

或許是真的
因為搬書回來那天
孩子般雀躍的神情
和眼中閃爍的光芒
道盡了一切……

46 2019 年 8 月 30 日
心靈隨筆之 148

這自拍，我喜歡！

越南河內大教堂毫無差池地
聳立在我們背後
這位爸爸很厲害耶！

我們一起經歷了
下龍灣的美景
網路美食的魅力
馬路驚悚的交通
水上木偶劇的精彩

全家一年一度的旅行，去哪裡都好！
出發！
然後享受沿途的美好！

盼能
每年，每年，每年，每年的持續下去～

47　2019 年 9 月 9 日
心靈隨筆之 149

啊！
時空錯亂
現在過去未來是同時存在的嗎？

那天
載著滿車的住宿行李開往孩子的
大學宿舍！
汗流浹背地搬完後
和孩子騎著 UBike
穿過校園去吃有名的雪花冰！
就在那短短的路程中，騎著騎著……
彷彿回到了青春年少的心境～

是啊！
過去發生的或事件或場景或感覺或氣味
並不會隨著時間流逝而消失
它會留存在腦海中一直陪著你……

我想，青春
不是指人生旅程中的一段時光
而是頭腦中的一個意念
歲月
可以留下皺紋
卻無法在靈魂刻上痕跡～

48　2020 年 5 月 11 日
心靈隨筆之 163

老三承瀚明天將滿 20 歲了

謝謝三個孩子來到這世上讓我參與了神奇的生命成長過程！
多美好的一段人生風景！

成年後的你們勇敢去飛吧！
不管未來將經歷到順遂或崎嶇
那脆弱與堅強
終將讓你們完成此生人生價值！
相信一切宇宙的存在只有善而沒有惡。

※※信任與支持是我對你們唯一的信念※※

信任的支持
是我對你們唯一的信念

49　2020 年 6 月 25 日

預測未來最好的方法就是去創造未來

～史蒂芬‧柯維～

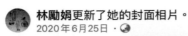

林勵娟更新了她的封面相片。
2020年6月25日 · 🌐

預測未來最好的方法
就是去創造未來

50　2020 年 11 月 6 日
心靈隨筆之 176

每日丟一物之驚喜

在之前找出的 6 片孩子們潭陽國小音樂會的 DVD 中
2010 年老三小四時
在音樂會中，串場說相聲～
非常謝謝學校錄下了這個影像，珍貴又令人懷念
能參與一個生命一點一滴的成長過程，是多麼神奇的一件事
啊！

51　2021 年 1 月 14 日
心靈隨筆之 179

那近 10 年
孩子們小學階段每晚的游泳歲月
他們在水中幾千公尺的來回後
開車回家的路上
我們總是放上光良的 CD，一路跟著
唱著
光良溫暖動人的歌聲
清澈透亮的旋律
造就了我們共同且美好的回憶！

在疫情當下
延遲了 10 個月才舉辦的光良演唱會
無論如何還是要去聽的
和孩子們的小巨蛋之行
溫暖，美麗，且難忘～

生命只有一次
不計回報
不計代價
去做任何你喜歡的事
是最重要的！

52　2021 年 2 月 22 日
心靈隨筆之 183

這個過年
最美的風景
就是全家 5 人一起在家同桌吃飯！
最珍貴的時刻
就是孩子們敘說著小時候的美好回憶！
說
#爸爸的睡前故事西遊記可以說好久哦
#媽媽在家總放著古典音樂
#有一套很棒的兒童繪本，至今記憶猶新
#那套畫家的故事錄音帶，好生動！

這讓我想起曾經看過的一段話：
如果知識與才藝是種子的話
也必須要在肥沃的土壤中才能發芽茁壯
而熱情與易感受的心，就是那個肥沃的土壤～
心，暖暖的

53　2021 年 9 月 14 日
心靈隨筆之 206

恭喜老二閔慈拿到碩士
正式成為社會新鮮人！

自從孩子們到台北上大學後，能回家的時間總是蜻蜓點水般
的短暫，因為疫情，難得待在家兩個多月的老三承瀚，今天
也回學校宿舍了！

這段日子
三個孩子的貼心讓我有種又跨進另一個新階段的感覺～
孩子們除了幫忙家裡的瑣事之外
三人有了經濟來源，不吝在慶祝特殊節日時請爸爸媽媽吃好
料，下廚做羹湯，甚至送媽媽一台 iPad，還隨時想塞錢給媽
媽當零用錢……

但這樣的場景，並沒有在我的預想之內，所以還需要消化，
學習接受並感恩，畢竟父母對孩子們的付出與愛是自然之
情，不思回報

只希望孩子們有更開闊的天空追求美好人生！

「我不知道你們將前往何方
也不知道你們必須克服多少困難
但我鼓勵你們繼續向前
繼續保持信心
我相信你們比自己所想的更接近目標」
對你們只有祝福
還有滿滿正向感受的愛

54　2021 年 9 月 29 日
心靈隨筆之 207

有機會參與到孩子們人生旅途中的特別時刻
是很幸福的一件事～

譬如
老大晏寧擔任政大管樂營總召，舉辦成果發表音樂會時
譬如
老二閔慈擔任系上女籃隊隊長拿到全國大統盃女籃冠軍的當
下
譬如
唸醫學系升上大四的老三承瀚在幾天前的授袍典禮穿上白袍
的那刻

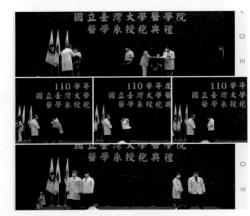

希望孩子能不忘初心
成為視病如親
會好好解釋病情的好醫生

醫學和音樂並不衝突
肩上掛著聽診器
手上依然可以捧著法國號

我相信
孩子所擁有的力量絕對超乎他自己的想像
祝福孩子成為心靈充滿樂聲的好醫生

55　2021 年 10 月 26 日
心靈隨筆之 208

※民國 37 年到 90 年歷屆大學聯考試題數學科《理組》《文組》※
沒想到竟然有這種書
更沒想到會在我們家出現

※因為 40 多年前的高中國文課本唯獨第五冊不見了，偶然在網路二手書平台上看到有人賣，興奮地趕快買回來※
沒想到竟然有人賣 40 多年前的高中國文課本
更沒想到會有人買

每一個人都不一樣
每一個人都很獨特
老公的興趣包含了
數學、國文、桌球、書法……

真正的愛必然包含自由
而在這自由之下所延伸出來的孤獨
讓你不會在愛中迷失自我

在對方的陪伴下
若能真心並放心且自由地尋求最好的自己
那就是幸福了
這樣的自由
是多麼珍貴且值得珍惜

56 2022 年 1 月 29 日
心靈隨筆之 212

偶爾瀏覽著二十多年來每年照的
全家福照片，視線總會不經意地
在這張相片前停住。
總覺得每個人的淺笑中同時蘊含
著某種氣息……

前一陣子
一位水電師傅來家裡幫忙換裝各
個房間天花板的燈座和燈管
在閒聊間，對方突然說：「你們
生活過得很簡單齁～」

哈哈！當下也搞不清楚這說詞是褒是貶
但當我讀到美國作家梭羅的一段話
「我願意深深地紮入生活
吮盡生活的骨髓
過得紮實簡單
把一切不屬於生活的內容剔除得乾淨俐落
用最基本的形式，簡單，簡單，再簡單
簡單過，才能感受到生活的本質」
讀完後內心感恩著水電師傅的溢美之詞

然後
在一次和老公打桌球的時候
有一位球友對我們說：
「你們打球打得好認真喔」

忽然明白
原來在那張相片裡
每個人的淺笑中蘊含著的是
簡單與認真的氣息啊～

57　2022 年 3 月 28 日
心靈隨筆之 215

燦爛迷濛花團錦簇的三月天
看山看海騎車賞花敘舊
感受每一刻美麗的當下

和妹妹騎車繞日月潭一圈
很滿足的挑戰～
和好友們在黃花風鈴木下留下
與花爭豔的點滴
很溫馨的過程～
和妹妹和好同學去墾丁看向層
層峰峰相連的山巒
望向浪濤不斷的海平面
很舒暢的身心～

如果，如果
在那些當下
發現了不一樣的自己
不用收起來
就好好的小小的給他活出來！！

58　2022 年 9 月 4 日
心靈隨筆之 219

數年前
某個風和日麗的午後，和爸爸媽媽妹妹去附近公園散步
爸爸和我走在前頭，和媽媽走在後面的妹妹幫我留下的背
影。

喜歡和爸爸同時抬起的腳跟
喜歡當時的藍天和樹木
我的左手臂掛著爸爸脫下
來的背心
感覺餘溫還在⋯⋯

百日了～
想念的心越發濃厚
知道
那份情
就在那裡
不來不去

那份情
就在那裡，不來不去

59　2023 年 1 月 17 日
心靈隨筆之 224

以爲不見的東西
卻在不經意間驚喜出現
此乃人生一大樂事！

這幾年一直想不起來十
年前把孩子們小時幫他
們攝影的影片翻製成的
DVD 放哪兒去了……
今年的大掃除
突然出現了
DVD 內的孩子們是如此
融化人心

感謝這些美好歲月
但，看著看著
淚水悄悄滑落臉龐
不是難過
不是悲傷
只是讚嘆造物主創造了神奇的生命
生命，除了外在命定的一切
同時要努力創造不受偶然所左右的內在命運
長大了的孩子們正各自在開創自己的自由
心中滿滿的祝福

60　2023 年 4 月 20 日
心靈隨筆之 227

最特別的一年的全家福照
90 歲的媽媽依然光彩動人

在歲月中
媽媽的所言所行告訴了我們
何謂善良
何謂包容
及做一個溫暖的人有多重要！

看透無常的本質後
你將懂得尊敬當下的每一刻
懂得珍惜在心中的珍貴事物

61 2023 年 7 月 27 日
心靈隨筆之 230

上星期
從日本遠道而來的親戚來向去年到極樂世界的父親上香致意
回首過往的點點滴滴
從長輩們的口中知道父親在 5、60 年前
曾為某重要事件幫助過他們
而對方心心念念一直掛在口中不曾忘記
此行依然不斷向母親鞠躬致謝
母親也對他們在我們全家在日期間的照顧感恩不已
雙方講到眼眶泛淚
在這一來一往的過程
我看到人性的光輝在他們周圍閃閃發亮

感恩的心
不管時光如何流逝
因為被記住了
所以一直存在
不曾被遺忘

這樣的畫面衝擊到我的內心深處
彷彿靈魂被洗滌過
那般清明

62　2023 年 10 月 17 日
心靈隨筆之 235

自從得知老三承瀚爭取到明年初去日本東京大學醫學院交換
實習的機會後
一種隱約的感動總在不經意間觸動心房
幾經深思，發現是與父親有關

父親是留學日本東京大學農學院植物病理學系碩士
祖孫在時光隧道中能在國外同一所大學產生些許交集
這機緣在細想之下著實讓我悸動
泛黃的照片中有父親的字跡
60 年前的父親是如此意氣風發

父親的一生不僅在當年的學術研究上，20 年來在國際扶輪和
國民外交上的貢獻都讓人非常尊敬與欽佩

在父親冥誕的今天
以閱讀父親的自傳緬懷～
願一切安好

五、美好信念

1 2012年7月9日
心靈隨筆之九

坐在自家的書桌前，不經意地往窗外一望，美麗的夕陽盡收眼底，一股幸福感油然而生，前一陣子為了孩子學校謝師宴的事必須面對人與人之間負能量的牽扯，再如何都是累人的事，加上低音號的表演，太鼓的發表會，三個孩子暑假營隊的安排，暑期旅遊的規劃訂住宿訂車票……日子忙碌充實卻少了一種自在感，自在運用時間的幸福感，但，今天這不經意的一瞥，這樣的感覺回來了，珍惜現在，珍惜所有，感恩！！

2　2012 年 10 月 25 日
心靈隨筆之十七

兒時跟隨父母旅居東京的記憶
這面牆位於日本東京高原寺的一條小巷子內，看到我站的地方有稍微突出的牆面吧！！對於一個 4、5 歲，喜歡運動的小女孩而言，延著這突出的牆面走過去是一個吸引人的挑戰，因為它會離地面越來越高。
記得當時幼稚園放學後的我就這麼做了，印象深刻的是，有一位我不認識的路人拚命對著我喊「危險啊，下來，下來」後來我應該是有走完它。
23 歲遊東京時刻意去找了這面牆緬懷一下童年歲月，近 20年過去了，景物依舊，不禁興奮地留下了這張照片。

我相信每個人在過往的人生中都會存在著一些印象特別深刻的記憶，或許和某人有關，或許和某物有關，回想當下的情緒想法，再看著現在的自己，感恩之情油然而生。

3　2012 年 11 月 27 日
心靈隨筆之十八

今早興沖沖打算在溼冷的天候下依慣例去游泳，怎知住家電
梯還沒到地下室突然「嗶～嗶～
嗶」響了三聲就靜止不動了，門也
開不了，電源也斷了，頓時電影災
難片的片段浮現腦海，在這節骨眼
我又更深一層地認識了自己，我一
點也不慌張

用力敲門吧！！～～沒用，出入的人太少
大聲喊叫吧！我喊著「有人在外面嗎」～～～～～～沒用，
電梯門太厚，外面根本聽不到
打手機求救吧！！～～～～～～沒用，根本收不到訊號
莫非要等到有人下班發現電梯不動找人來修的時候嗎？
突然，112 竄入腦海！！緊急救援電話！！通了！！
5、6 位消防人員七手八腳地費了好大的勁幫我把門打開
了！！我被卡在一二樓中間，謝謝這些消防人員的努力！！

在被關在電梯的一個半小時內，心中滿滿的感恩之情
感恩～還好被關的不是孩子或老人家
感恩～我只是要去游泳，不是跟別人有約
感恩～因要出門有帶手機，而不是只帶鑰匙要去樓下開信箱
感恩～因朋友們三不五時寄來 e-mail 有關危機處理的文章
感恩～毫髮無傷沒受驚嚇地知道了電梯有問題
謝謝老天爺

4 2012 年 12 月 18 日
心靈隨筆之二十一

結婚至今十七年，從沒搬過家，然後三個孩子陸續報到，這樣背景下的居家雜物，若不是刻意努力丟棄，就會變成我們家這樣吧！！

今天在書局看到這本書，最近頗夯的三個字「斷、捨、離」映入眼簾，讓我眼睛為之一亮，彷彿看到遠方的一線曙光帶來無比的希望！！

作者說：「居住環境」是能夠以自我力量改變的「最切身世界」。只要把這個地方整理好了，心態，大腦，甚至連運氣都會變得有條有理。
作者說：斷捨離就是，藉由丟棄物品，放開執著，之後，你會發現自己所期望的結果，也發生在自己的人生當中。

念舊惜物的個性讓家中的物品不斷累積，是該改變的時候了，我甚至還留著三個孩子幼稚園三年來的聯絡簿，因為那裡面的字字句句我都很用心地和老師溝通孩子的點點滴滴，我珍惜著這些成長紀錄，但……或許看完這本書，我就能夠很瀟灑地對自己說～～～拿去回收吧！！～～～哈哈！！

期望今年大掃除前老公和三個孩子都能先看這本書，那，家裡能活動的空間應該會擴大很多吧！！呵呵呵！！

5 2013 年 4 月 12 日
心靈隨筆之二十五

我們家的兒子目前才國一,那……買這做啥啊??

話說有一天在新竹上班的老公興沖沖地打電話給在台中的老婆我,說,你如果有空趕快去台中一中福利社幫我買「數理資……」,要快喔,不然賣光了就又要等一年了。

第一次打電話到福利社:有啊,有啊,還有,你可以來買!

因諸多事情繁忙隔了兩天還沒去買,想說請他們先幫我留一本。

第二次打電話到福利社:那個還很多啦!!不用留啦,你來買一定有啦!!

隔了一天抽空跑了一趟,竟是盤點日沒開。

隔了三天又跑了一趟,天哪!!竟然跟我說早上正好賣完了,臉都變綠的我一直追問真的一本都不剩了嗎?福利社小姐說那你去數學辦公室問問看,到了辦公室只有一位老師在,其他位都去上課了,他說好像賣完了,但是是王老師負責的,你再打電話問他看看吧!!

第三次打電話到數學辦公室：王老師說嗯好像賣完了，不過你可以問丁老師看看，但是他現在在上課。

第四次打電話到數學辦公室：丁老師說應該還有，我去看看……還有還有，你什麼時候要來我等你！！

這時，我當然馬上飛奔去買囉！！丁老師親切地問，你孩子現在唸哪裏呀？？殊不知他們對數學的奉獻與付出，除了嘉惠了莘莘學子外竟也成了一位歐吉桑樂此不疲的興趣！！

收穫一：永遠不要相信有人說「沒有了」就是真的「沒有了」！！

收穫二：尊重老公的興趣，雖然他把非常多的人生美好時光花在埋首解題上，但相對的他也會尊重我的興趣，我想，在精神，物質，金錢，時間上，他給了我極大的自由，這對我來說就是幸福的基礎吧！！感恩喔！！

6　2013 年 10 月 29 日
心靈隨筆之三十七

廣闊的湖邊，
夕陽背光的陰影下，
自己，就坐在那兒！！
陰影下只有輪廓，看不出外表年紀，
儘管已為人妻，為人母多年，
但，我的心可以和二十多年前與兩個日本男孩和一個香港女
孩一起去北海道自助旅行時在湖邊留下此照時的自己很親
近！！

想要讓人生更美好的心，是不會因年紀的增加而減少的！！

7 2014 年 6 月 24 日
心靈隨筆之五十一

有一隻斑鳩最近常到我們家的窗台串門子
昨天半夜突來的雨聲讓我跳下床趕緊去關窗戶
朦朧中窗台上顯出一團黑影
在我用力關上窗戶時卻毫無動靜
早上，那團黑影依然在原處動也不動
啊！該不會……
把紗窗打開一個縫隙探頭一看
原來是偉大的鳥媽媽在孵蛋耶！
難怪雖身處險境，爲了保護寶寶也不會離開！

我這一探頭有點驚嚇到牠了
對不起，我不會再吵你了
安心孵蛋吧！

8 2014 年 6 月 30 日
心靈隨筆之五十二

新生命的誕生總是令人感動萬分！

不知不覺中翻出老大兩個月大時，當時我這新手媽媽寫的一段文字：
望著孩子的眼睛，好清澈明亮呵！
尚未受到污染的眼眸竟是如此美麗，
看到我對著她笑，
她索性把正吸著的奶嘴吐掉跟著我笑，
那天使般的笑容能融化掉任何人的心！

或許，鳥媽媽正如 18 年前的我一般沉浸在做媽媽的喜悅中！
小小 baby 鳥請一定要平安長大！

9　2014 年 7 月 30 日
心靈隨筆之五十四

原來要在房間裝個冷氣機
和要把另一個房間的冷氣機移位
需要那麼多不同領域的專業技術家才能完成
他們像個魔術師也像個藝術家
在安裝完成的今日，心中充滿感恩！

從準備安裝冷氣的評估與討論
到開始鑽孔放管線
到裝潢木工的包覆管線
到油漆木作
到窗簾盒的重新釘掛
到室外機的安裝、室內機的安裝
到細部問題的處理！

謝謝！謝謝你們的好手藝！

10　2014 年 12 月 12 日
心靈隨筆之六十一

最近有機會跑了一趟法庭，
對大部分的民眾來說是個陌生的場所，

高高在上的法官用他慣有的超快說話速度訊問著被告和證
人，
我相信，每件事的發生，背後一定有個理由！
要學會，用更包容的心去理解身邊的人和事！
只希望，台灣的司法能越來越進步！

11　2015 年 3 月 10 日
心靈隨筆之六十六

每個人都有童年，在片斷的記憶中拼湊著成長過程的軌跡，有些場景，有些氣味，有些旋律的出現會帶你回到某種兒時情境！

2～7 歲間在日本長大的我，在聽這套日本童謠的 CD 時，內心澎湃，被溫暖的情緒緊緊包裹著！

謝謝爸爸，謝謝媽媽，在那段初初的人生歲月，您們必定是用了滿滿的愛和悅耳的童謠讓我度過快樂的每一天！

12 2015 年 10 月 3 日
心靈隨筆之七十八

轉個念，世界大不同！

今年暑假的家庭旅行時，在峇里島的某一天，與孩子們準備下海玩浪，要我們租衝浪板的印尼人亦步亦趨跟在旁邊，最後租了，但租前忘了殺價，事後要拿錢給對方前試圖殺殺看，但看到對方落寞神情於心不忍，最後拿了足額的錢給他，此時他雀躍的神情感動到我，並不斷握著我的手道謝，當下，沒有殺到價的懊惱一掃而空，原來帶給人快樂是如此地快樂！

這，也算是個美麗的風景嗎？

13 2016 年 4 月 9 日
心靈隨筆之八十七

藝術家海至的「光鹿」系列一直吸引著我的目光！

在每一幅畫中，這頭神秘的光鹿總是挺立在某處，靜靜地發著光，帶給人們許多的希望與溫暖！

在接送孩子的空檔，去展場欣賞了在畫中昂首在各處的光鹿！

誠如海至所說，我正在
「尋找生命中的那份光亮，帶來新的生機跟無限想像！」

14 2016 年 8 月 24 日
心靈隨筆之九十二

相信每個家庭都有大大小小的一堆塑膠袋！

看到，在台中梧棲海邊擱淺死亡的小鯨豚「小梧子」解剖後，在胃中發現滿滿的塑膠袋的消息，心裡感到很不忍心。

我的車上和包包都會放著備用塑膠袋，買東西不再拿店家的塑膠袋，用自備的塑膠袋重複使用。
雖只是對環境的一丁點棉薄之力，但，當和孩子買完東西回到家，孩子說：今天又成功省了兩個塑膠袋，這種感覺挺好的，我喜歡！

15　2017 年 1 月 13 日
心靈隨筆之 100

人，終究是孤獨地來，也將孤獨地走！
但，生命的豐富就在這孤獨與孤獨之間，生活，總在學習的
旅程中發現生命之美！

心靈隨筆，不知不覺中來到 100 則，這些隨筆成為我安頓身
心的正能量存摺，曾有過的感恩，努力，快樂，滿足，悸
動……提醒著我是多麼的幸福！

當然，更該感謝的是願意花時間讀我隨筆的大家，從他人眼
中看到正面的自我形象，原來也能成為獲得生命活力的泉源
啊！滿懷感恩！

16　2017 年 3 月 28 日
心靈隨筆之 103

小小的
閃亮的
晶瑩的……戒指

雖沒有華麗的外在，但，打從第一眼見到它，就讓我的心
「怦然」！
感受到的是，那精巧的背後隱藏著的光芒，好耀眼！
一種沒有特別理由的，對某物的愛不釋手！

這是媽媽的嫁妝，多年前看到我這麼喜歡，就送給我了！

這，可以稱為「一見鍾情」嗎？哈哈！

17　2018 年 5 月 25 日
心靈隨筆之 121

生命的豐富，天天都在身邊，我們只是需要訓練自己去發現那些美好！斑鳩夫妻在我們家五樓的窗台築巢生蛋已經是六年來的第三次。

2012 年，生了蛋，卻不見鳥媽媽回來孵蛋。

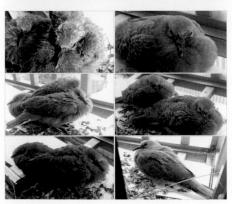

2014 年，小小鳥出生了，卻沒見著長大就不見鳥影。

今年，終於完整記錄下築巢，生蛋，孵蛋，出生，長大，翅膀硬了就……飛走了的過程！

是啊！翅膀硬了，本來就該飛走，不然幹嘛長大呢？

這也是我家目前的寫照，老三九月也即將上台北唸書，四年內三個孩子的飛向未來，內心是滿滿的祝福！

燦爛的未來，等待你們自己去開拓！

18　2018 年 11 月 15 日
心靈隨筆之 129

因為相信
所以堅持

在 17 年前幸運地接觸到了「營養免疫學」，
在這健康資訊爆炸的年代，有了營養免疫學的真理，在自我健康管理上，就能有自己的定見！

謝謝當年孩子幼稚園同學的媽媽美惠的推薦！
謝謝對我不離不棄服務到底的麗鈴！
同時也要謝謝 17 年前沒有因為對直銷的偏見，而錯失良緣的自己！

沒錯，世界上最好的醫生就在自己的身體裡啊！

17 年來沒再吃過任何藥物，能算是一種幸福嗎？

19　2018 年 12 月 12 日
心靈隨筆之 131

多嚮往能遇見不一樣的自己的旅行……

在異國異鄉的小店鋪中，看見這小小的迷你花器。
遂……
幾乎只在母親節才會買花的自己，興起了平常也可在家插小
小花的念頭。
享受單純的美好
淡淡然的情感
也能溫馨長久！

20　2019 年 5 月 24 日
心靈隨筆之 142

對一部日本卡通主題曲的回憶
讓我對賽斯心法中所說

「過去從來沒有完成而結束
過去還在進行
還沒有畫上句點
並且
可由現在重新創造

當下是威力之點
當下的想法改變時
過去現在未來馬上被改變了～」

有了那麼一丁點了然……
在這深思的背後
有著一種遊戲心的自在！

#信念創造實相
#過去現在未來是同時存在的～

21　2019 年 8 月 12 日
心靈隨筆之 147

這樣的道謝方式
好溫暖
感覺已經好好抱過了拿著名牌的孩子們

但
我明明只是付出了一點點
為什麼可以得到那麼大的回
饋……

感謝好友婍玥
不辭辛勞聯絡各方
集資購買鋼琴
送給需要的孩子們！

音樂
一直都能將靈魂推往更美好的
方向！

音樂
一直都能將靈魂
推往更美好的方向

22　2019 年 10 月 14 日
心靈隨筆之 152

去年底
在北海道小樽運河旁的店舖
驚豔的可愛花器
依然耀眼

如果
在買花的過程裡
發現了浪漫多情的自己
可以不用收起來
因為
這個小小花器
能讓人活出偶爾不一樣的自
己……

就像看著花
腦中就浮現這句

「若是以後你不經意想起了我
希望你記得我曾經那樣深深地愛過你」

23　2019 年 11 月 25 日
心靈隨筆之 154

和馬來西亞和香港的朋友一起去
日本青森看楓葉，摘蘋果
那些瞬間的悸動
就是爬上高高的梯子
沒考慮危險地摘下每顆蘋果樹上
長在最高最高的那一粒的當
下⋯⋯

日本青森滿園的蘋果樹和結實累累的蘋果們，是這趟旅程最
美的風景
而順利摘下每棵樹上的每一粒蘋果是那麼愉悅的經驗！
感覺
內心靈魂的滿足
是人生最大的富有！
雖然只是摘了蘋果

24　2020 年 2 月 5 日
心靈隨筆之 159

我的日常～
有個樂此不疲的習慣：
每天堅持要列每日該做事項的清單，那
是為了享受「劃掉」的那一刻

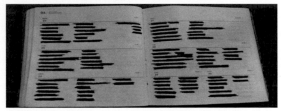

但我把清單上某件事情劃掉的舉動
純粹出於自我滿足和降低擔心忘掉該做之事的焦慮感
焦慮感的來源
從來就與面對什麼處境無關
而是
只與自己的想法有關！
即使
面對任何病毒也是一樣……
是啊！就是如此！
#武漢病毒肆虐有感

焦慮感 的 來源
從来 就跟 面对 什麼處境無關
而是, 只跟自己的想法有關

25　2020 年 3 月 26 日
心靈隨筆之 161

在家中不經意的某個角落……
發現了一疊小卡
幾十年前出自自己的筆下
清新的筆觸
說愁的文句

原來，很久了……
「我不會畫圖」
這個限制性信念，一直把自己框住了～
終於
發現我對畫線條情有獨鍾！

紀伯倫說
「如果有一天
你不再尋找愛情，只是去愛
你不再渴望成功，只是去做
你不再追求成長，只是去修行
一切，才真正開始」

每個人都擁有無盡的潛能

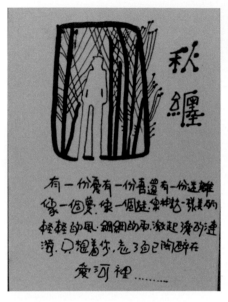

26　2020 年 5 月 22 日
心靈隨筆之 164

在盛情難卻下
少少的收了四位想學日文的熟齡女孩！

人
不管走到生命的哪一個階段
學習新事物都需要勇氣，努力與堅持！

而這些過程
都是為了在一切已知之外
給予一個超越自己的機會
讓生命更豐盈～

看不出已有孫子的女孩們
上課時會像小女生一樣製造許多笑料，好可愛啊！

加油喔！我會陪著你們往前走～

27　2020 年 8 月 25 日
心靈隨筆之 170

當年
兩手空空來到這世上
將來
也是兩手空空地離去
意味著任何一件你獲得的東西
都不過是將來要失去的東西

2015 年大整理過一次，捨不得丟的好好裝了箱
但
5 年後的現在
覺得
留下感恩的心
捨棄不需要的東西
能專注當下與眼前的一切
是更重要的人生課題

於是
開始執行了
「每日丟一物」的行動

28 2020 年 9 月 24 日
心靈隨筆之 172

每日丟一物之錄音帶

再三確認過家中所有收錄音機播放錄音帶的部分，全都故障了，連車上的音響也無法播放錄音帶了

於是……
想起了這段話

「我所懷念的並不是你
而是
當時那個充滿希望
能夠笑得有如吃了蜜的我」

所以原來……
「我所懷念的並不是這些歌
而是
當時聽這些歌時
那個青春年少懷抱甜夢
能夠擁有如孩子般對人生充滿色彩繽紛的渴望的自己～」

29 2020 年 10 月 15 日
心靈隨筆之 173

當唸醫學系三年級的兒子
有一天跟我說
他們要開始上實體解剖學了
他跟同學們約好要一起去苗栗拜訪捐出大體
供醫學生學習的大體老師的家屬時

從沒機會關心過這個議題的我
內心受到莫大的震撼～
是什麼樣的信念
讓他們願意如此奉獻
這需要很多的勇敢啊！

大體老師的愛猶如蒲公英的種子，飄散風中，宛若不存在，卻在每個醫學系的年輕學子身上，種下醫學知識的枝枒，等待他們日後成為醫生，小枝枒長成大樹，讓更多的生命得以被救治，讓人間有更多圓滿。

搜尋著網路上對大體老師的相關文章
想像著需要經歷這一切的本人和家屬
油然而生的感動，感佩，與感謝充滿心中，無法自己……

如同在網路上看到的這段文字
「他們宛若不存在
卻是無與倫比的偉大！」
謝謝、謝謝您們～

他們宛若不存在
卻是無與倫比的偉大

30　2020 年 10 月 23 日
心靈隨筆之 174

在 LINE 上收到一個朋友傳來的連結～
日本歌手加山雄三的成名曲
～君(きみ)といつまでも～

聽著聽著
悠悠忽忽恍若回到自己五、六歲時一個
隱約模糊的記憶中
記得是看完加山雄三主演的一部電影後
當時還是小女孩的我，對著大人說
「我長大後要和加山雄三結婚」

想想
在還不知世事的孩提時代
可以這麼率直地表達心中對一個人的喜歡
好幸福啊！

如今
現在的我
很想去摸摸那個當時的我的頭
微笑地對他說
「嗯～好窩」

31　2021 年 3 月 12 日
心靈隨筆之 184

每日丟一物之驚喜～

翻出自己小學四年級時的美勞作品《立體台灣》
得到甲下

想來
一定是自己很喜歡
才會保留了 40 多年

如果
當時得到的分數是甲上上
那……
會不會從此愛上美勞？

在成長過程中
從他人眼中看到正面的自我形象
會是獲得生命活力的泉源
也或許會改變你的人生

32　2021 年 5 月 17 日
心靈隨筆之 190

因為疫情，待在家的時間變長了～
於是在抽屜找到這顆跳跳球
就那種
可以跳很高很會滾的跳跳球

跳跳球之憶

思緒飛到很久很久以前一個夏日午後
在東京日語學校的交誼廳和同學們開心地追逐著跳跳球
當時有一群從南美智利到日本短期進修的學員在交誼廳聊天
我跟著跳跳球東奔西跑彷彿回到孩提時代
偶一抬頭對上那雙眼時那充滿笑意與溫柔的眼神
似乎對這個咪咪眼的東方女孩充滿好奇和興趣……

原來
某種眼神
不曾遺忘
它會在不經意間蹦出腦海
觸動心靈

緣起緣滅如浪花
這生命中曾有過晶瑩的浪花
是上天美好的恩賜～

33 2021 年 6 月 24 日
心靈隨筆之 192

走到生命的哪一個階段
都有那一個階段該完成的職責
若都能喜歡這些時光
順生而行
就是幸福！

記得學生時期當自己無法滿足學校老師期待的學習成績而被
處罰時
1946 年諾貝爾文學獎得主
德國詩人小說家赫曼赫塞的文字給了我許多的安慰和力量
遠流出版社把他 6 本小說集結成套書重新出版
太令人驚艷！

翻出 40 多年前手抄赫曼赫塞字句於筆記紙上
泛黃破舊的紙邊印證了我的珍惜之情

或許
在書中讀到的一段文字
可以觸動你的心弦
發現自己真正的喜愛
因而與靈魂貼近
從閱讀中發現自我～

34　2021 年 7 月 1 日
心靈隨筆之 193

赫曼赫塞之《徬徨少年時》
40 多年前我一定是讀到了下面這句，感覺有被某人了解而欣喜若狂

「我習慣在這種天氣下散步
一面沉浸在自己的思緒裡
一路上我時常感到莫大的快樂
一種充滿憂傷
鄙棄世界和自我的痛快～」

而，下面這段話當時讀來或許懵懂
但今日卻相信是這本書的精髓
這也是現今我生命的基石與全然信任

「並沒有所謂的偶然
如果一個人迫切需要某樣東西
然後找到了這個東西
那麼賦予這種機會的就不是偶然
而是他自己
是他本身的渴望和迫切
帶領他去找到它」

然而「思想只有在付諸於生活中實行才有價值」
是必然！#《徬徨少年時》讀後感

思想 只有在付諸於
生活中實行，才有價值

35 2021 年 7 月 9 日
心靈隨筆之 194

赫曼赫塞之「生命之歌」

以音樂為主軸描寫友情，愛情和靈性的光輝
優美深邃的用字遣詞
讓人愛不釋手！

其中一段更把我前陣子內心激動卻無法表達出的心情完整地
呈現

話說
疫情爆發之前樂團團練
當指揮老師發下新譜，大家一起視奏時，依稀覺得似曾相識
的旋律迴盪腦海
過了好幾週赫然發現是四年前孩子在高二第一次擔任指揮時
演出的曲子
當時對於這旋律記憶深刻並深受感動！
對於自己現在也能吹奏這首 DANZON No.2 有種難以言喻的
恍惚

赫塞在書中寫道：
「當我的心靈受到音樂的撼動時，毋須言語
我便了解了一切
感受到所有生命深處的純淨和諧，覺得自己已明白
在所有事情當中都藏有意義和美麗的法則
即使這是個錯覺
我還是幸福地生活在其中」

這段既華麗又內斂的筆觸
即是我想表達卻無能力形諸於文字的感受啊～
謝謝赫塞

36　2021 年 11 月 13 日

在外面如果有人跟你打招呼，
一定要對他微笑點頭，
回到家再好好想一下他是誰。

—— 讀者林勵娟

5○ ⁺人生幾句話₊　　　f 50+ 好好 Q

50+社團幾個月前曾經徵稿對熟齡感悟的短句
投了稿的我寫的句子當時有幸被錄取發布

今天自己寫的句子在滑手機時突然出現在眼前
很奇妙的感覺，謝謝喜歡

37　2023 年 6 月 9 日
心靈隨筆之 229

在國資圖預約了一本被稱作此生必讀的一本書的《百年孤寂》終於借到手

1982 年諾貝爾文學獎得主，哥倫比亞的文學家，加布列·賈西亞·馬奎斯的作品

此刻的我正飢渴地期待著享受文學的洗禮

閱讀之所以迷人
是因為
或許在不經意的某時某刻
意外讀到的一句話或一段文字
將觸動你的心弦
貼近你的靈魂深處
然後
你將會發現和探索出真正的自我

六、溫馨友誼

1　2011 年 7 月 21 日
旅行是創造故事和回憶的開端

一起在麗星郵輪上的摯友和表妹

旅行是

創造

故事 和 回憶的

起始點

2 2012 年 5 月 9 日
心靈隨筆之四

二十多年前，在日本唸書的我於租屋處附近的一家小小的中華料理小吃店毛遂自薦地問老闆需不需要工讀生，親切的老闆不嫌棄我當時生澀的日文一口答應，就這樣開啓了這段緣分，今年四月份和瀚瀚的管樂團一起去東京時寄了包裹，打了電話給老闆，當下得知老闆娘因病突然於三月份過世，老闆敘述經過時數度啜泣和哽咽，傷心的心情溢於言表，讓我極度不忍，他殷殷企盼想念我的心，想見一面的期待，雖然我無法在這次行程中實現，但這樣的情誼，這樣的感念我會放在心中，因爲二十多年前的那些日子，他給了一個異鄉遊子多大的溫暖與鼓勵！！

3 2012 年 7 月 20 日
心靈隨筆之十一

潭子—74 號快速道路—3 號國道—6 號國道—14 號省道—14
甲省道—清境農場—合歡山，沒注意到這美麗的山脈與家的
距離竟是如此不可思議的接近，綿延的山峰，翠綠的劍竹，
清澈的藍天，多變的白雲，再加上清新詭譎的山嵐，當然少
不了親愛的家人和好友們，喔，還有一隻可愛又可敬的狗
兒，一起編織了一趟令人回味的旅程。除了景色美不勝收
外，大自然詭譎的樣貌讓我印象深刻，開著車在蜿蜒的山路
上，一忽兒面對傾盆大雨，一忽兒面對突然襲來的山嵐讓你
能見度只在車前 5 公尺，然，一忽兒太陽又從雲端露臉了，
我想，我的開車經驗又豐富了不少，呵呵呵！！

4 2012 年 9 月 23 日
心靈隨筆之十五

這是距今 9 年前的相片！！

之所以會想到它，是因為今年暑假要升高二的老大，和幾個同學合作，完成在一所小學舉辦為孩子們豐富生活的「綠巨人營」，我為現在的年輕人喝采！！

這讓我想到自己在大一時也是參加了學校的類似社團，暑假就到偏遠地區的中小學帶活動，我們在一所國中與孩子們相處了一天，我和其中一位國一的小男生特別有緣，自此我們展開了到現在 20 多年來都沒斷的魚雁往返，這中間就是在 9 年前我帶著全家，和妹妹一家到他家作客過夜，這當時國一的小男孩甚至比我早婚，孩子比我的孩子大很多。

我想說的是，是什麼樣的情懷可以 20 多年來只見過兩次

面，但卻可以在彼此的生命中佔有一席之地？？記得當時一到他家，他的好太太拿出一個鐵盒打開給我看，裡面滿滿的是我 10 多年來寫給他的信，他小心翼翼地珍藏著，或許在他成長過程中，這個大他 6 歲的姊姊曾經給他一些溫暖與鼓勵吧！！而我也同樣在他身上因為付出得到無比的滿足與快樂，深深覺得他給予我的比之我給他的多太多了！！

咦？？我家老三怎不見了？？剛剛努力回想了一下，當時 3 歲的老三跑去跟狗玩了，怎麼叫都叫不過來一起照相，哈哈！！
每個當下都是未來珍貴的回憶！！

5 2012 年 12 月 11 日
心靈隨筆之十九

晚上七點多「叮咚，叮咚」家中的電鈴聲響起～～有從日本寄來給林勵娟的包裹，請下來拿～～
這聖誕禮物實在是太可愛了，這是一條擦手巾耶！！

它，來自於我在日本時去過他們家 homestay 的媽媽，與這位日本媽媽的善緣，在一來一往二十多年交錯的歲月中，讓我感受到施與受的幸福，是虔誠基督徒的日本媽媽，每回的來信中總是感謝上帝，在人海茫茫中讓我們相識並珍惜彼此！！

是啊！！這一生的家人，朋友，同學，因孩子們而結緣的老師家長們……不管用什麼方式，所有與之相遇而認識的人都是奇蹟，我愛大家，祝大家聖誕節快樂！！

6 2012 年 12 月 13 日
心靈隨筆之二十

或許這把彈簧刀未來某時真的能幫我度過難關也說不定！！

前幾天有位朋友打電話來說想跟我見面，於是約了今天下午見面，這位朋友是一個很有危機意識的人，他說，他一定要在 12 月 21 日前跟我見上一面，因為那天是馬雅文化和中國易經都不約而同地指出是世界末日的日子，他已經準備好周全的急難救助包在身邊，也教我該準備些甚麼，這把刀他說要送我，叫我一定要放進救難包裡。

見完面，要分手時，有種詭異的氛圍籠罩在四周，真的會是這輩子的最後一面嗎？我欣賞他的危機意識，畢竟未來的事有誰能說得準呢？？

7　2013年1月9日

心靈隨筆之二十二

這是準備給一個日本小男孩的禮物！！

這學期初孩子們的小學母校來了一位從小在日本長大只會講日語的 11 歲小男孩，但進了一年級的班級，爲了協助他能快些適應台灣的一切，我與他開始了每個星期 2～3 次的約會，開學至今從陌生試探到現在總是洩露心中小秘密，不禁對他的愛憐愈發深厚，小小的心靈是要承受多重的寂寞與無奈呀！！

每每在上課之前，我們總會偷溜去校園的水池看魚尋找烏龜或青蛙，有一次在去水池的途中他很自然地牽起我的手，我們相視而笑，我知道我們的心靈更加接近了！！

看魚，是我們之間的小秘密，學期即將結束，不知未來是否有緣再相見，希望這隻鬥魚在他未來的路上能陪伴他，並記住，他並不孤單，他的身旁其實有好多人在幫助他，只要願意把心打開，隨處都灑滿了燦爛的陽光！！

加油！！

8　2013 年 5 月 31 日
心靈隨筆之 27-1

20 多年沒見的泰國朋友來台灣出差，四天的行程滿滿，一直喬不出時間見面，最後只好在他從高雄往台北的高鐵經過台中，利用那短短停靠的三分鐘見了一面！！

握個手，說聲好久不見，馬上接著互道珍重，哈哈！！20 多年的友誼，因著這三分鐘更加穩固了吧！！人與人之間心中偶爾的想起並牽掛著對方，就是值得珍惜的緣分。

他承諾不久的將來會再來台灣旅遊，到時再用各自已退步的日文好好敘敘舊吧！！

9 2013 年 5 月 31 日
心靈隨筆之 27-2

20 多年前在日本東京的我們因唸同一所學校而相識，臺灣人與泰國人只能用第三國語言溝通吧！！雖然我們只同校了一年，但是 20 多年後的今天竟然能在台中高鐵站見了一面，真令人感動啊！！

20 多年的歲月還是在身上刻下了痕跡，年輕，總能讓人感受到一股意氣風發的氣息，但，再 20 年後回頭看今天在台中高鐵站照的相片，到時會是什麼樣的心情呢？或許也會說「年輕真好」吧！！

10　2013年6月6日
心靈隨筆之二十九

今天收到在日本時 homestay 的媽媽寄來的她兒子畫的明信
片，美，美極了！！
homestay 媽媽的兒子因為一場意外，沒了雙腿和一隻手，
但，在這畫中看不到一絲一毫晦暗的情緒，有的只是美麗溫
暖的心，是什麼樣堅強的胸膛與懷抱讓他可以隨時依靠
啊！！是媽媽吧！！

在信中，日本媽媽說：
當她疲累時，只要看著我送她的全家福相片，我們陽光般的
笑容讓她的疲累一掃而空。
當她心中有困惑時，只要摸著胸口上我送她的十字架項鍊上
的十字架，她就能有安定的力量。
而，在冬天我送她的玉佩十字架在冬陽下閃閃發亮，周圍充
滿了幸福。
謝謝你！！想念你！！

感恩啊！！為她的道謝而感謝！！

11　2014年3月17日
心靈隨筆之四十五

最近在 FB 上看到夜櫻美不勝收的照片，
腦海中馬上浮現中村さん的影像，
因為第一次觀賞夜櫻是中村さん帶著我讓我驚豔夜櫻之美！

二十多年與中村さん的忘年之交之魚雁往返，最後在來不及
見他最後一面下遺憾收場。

人與人之間若彼此珍惜，距離，年紀，性別，語言都不會是
問題，只要願意，在彼此生命中總會留下些什麼的吧！

12 2014 年 3 月 31 日
心靈隨筆之四十六

此生有緣相遇的孩子們呀！
期許自己能在你們心中注入暖流，
並撒下自信的種子。

就像我國中時因為游泳而曬得黝黑，
有一位長輩稱許我的泳技時，
那看著我的眼神與露出的讚嘆的表情，
深深刻在腦海讓我永生難忘！

照片中這孩子，即是尚且還不太會說中文的日本孩子
在台灣正努力地在人生旅途中尋找立足點，
希望自己與他的緣分能稍稍慰藉他的心靈！

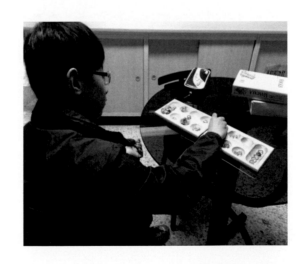

13　2014 年 8 月 6 日

生活中的驚喜啊！
雖然台灣的雷神巧克力熱潮似乎退燒了，
但住在日本北海道的日本朋友今天突然寄來一大盒的雷神巧克力，
很開心耶！

14　2014 年 10 月 30 日
心靈隨筆之五十八

有一種情誼，總在最不經意間發出萬丈光芒讓你目眩繼而感動！

今天下午業務上本來準備好的證件因故無法使用，
在又急又趕的狀況下找到這位朋友試著拜託看看，沒想到他二話不說地馬上提供了我需要的他的身分證、存款簿、印章，還說被妳賣掉也甘願！！
啊！太令人感動啦！
信任是真誠友誼的基礎，在此刻他讓人性的光輝閃閃發亮！
謝謝你，我的好朋友！

15　2014 年 12 月 6 日
心靈隨筆之六十

青春歲月懷念的友人啊！
和她們在日本唸書時一起度過年少輕狂的日子
雖不長但精彩的時光
每回想起總是讓我心胸澎湃

昨晚她們在香港聚首，多年後的現在
她們依然青春不滅，如同當年！

時間的洪流啊！
感謝偶爾的不著痕跡！！

16 2014 年 12 月 24 日
心靈隨筆之六十三

當自己還是個小小孩時，
聖誕老公公總不會忘記在聖誕夜捎來一份禮物！

當我成了媽媽，
我的三個孩子每年總期待著聖誕老公公會放什麼禮物在聖誕
樹下！還不忘留餅乾留紙條在樹下要給聖誕老公公！

啊！相信真有聖誕老公公的歲月真是令人懷念啊！

這些是今年我收到的聖誕禮物，
太棒了！
我心中的聖誕老公公仍眷顧著我呢！

17　2015 年 5 月 4 日
心靈隨筆之六十九

每年的四月，總會收到來自東南亞某國的明信片，近二十年來都是如此！

寄信者是在日本當中學老師的日本朋友，每年四月他一定會到東南亞渡假，且總不忘寄張明信片給我！

永遠忘不了的是

二十多年前的某一天，在東京的居酒屋，與一群朋友喝酒聊天之際，他突然對我深深一鞠躬，說

「リケン　ごめんね！」（勵娟對不起）

原來，他為日本在二次大戰的侵略行為道歉，當下我被這位朋友深深感動！

想來，歷史的洪流在無聲無息中依然影響著生生世世的人們啊！

18　2015 年 7 月 17 日
心靈隨筆之七十四

青春年少的氣息
就在那飛揚的髮梢

幾個月前近 30 位大學同學在 line 上再度
續前緣，舊友新交吧！經過人生的洗鍊，
雖然兒女已然與當年的大家年紀相彷，但
每每在 line 上互動時似乎又回到當時的自
己，感覺真好！

照片中，那讓髮梢飛揚的風
正徐徐吹進心中深處
那樣的溫暖而甜蜜！

19 2015 年 7 月 24 日
心靈隨筆之七十五

美麗的靈魂啊！
在常人無法窺探的領域間，悠然自得地遨遊！

好友婧玥在台北擔任特教老師，這天她帶著一位自閉症，一位
幼時腦傷的孩子坐高鐵到台中找我，算是戶外教學吧！
婧玥用很長的時間和耐心教會那自閉症的孩子用電腦輸入文字
表達內心世界，那孩子雖無法用正常的語言表達情緒，但他的
用字遣詞卻是那麼的溫暖與有深度！

這美麗的靈魂！
因遇到婧玥老師而被小心呵護著！
讓我深深感受到更高層次的愛！

20　2015 年 12 月 10 日

心靈隨筆之八十二

二十多年前

一群從各國離鄉背景前往日本求學的
學子
因著深深的緣分在日語學校相遇了！
一年的相處雖短暫卻無比深刻！

二十多年後的現在
相約從香港、馬來西亞來台灣旅遊敘
舊
神奇的是
這二十多年似乎不曾存在
為什麼在一起時恍如從前！

21　2016 年 1 月 25 日
心靈隨筆之八十四

看似平凡的團體照卻蘊含著多少的情感
悠悠的歲月澆不熄青春歲月曾碰撞的火花
大學同學會激起的生命浪潮竟如此澎湃

每一個相見
每一個握手
每一個擁抱
每一個笑聲
都那麼鮮明地在內心深處迴盪
過往的一切讓此時如此的甜美
真幸運擁有這些真摯的情誼！

22　2016 年 2 凡 16 日
心靈隨筆之八十五

有一種溫暖，
它可以暖你的心一輩子！

這兩位翩翩君子在我二十歲生日
當天，大學課堂第一堂上課前在
教室外叫住了我，要我閉上眼，
牽著我走進教室，口中數著 1、
2、3……數到 20 要我張開眼，
哇！一個可愛的生日蛋糕出現在
眼前，時光荏苒，或許他們已不

復記憶這往事，但，當幾個月前大學同學們因 line 再度聯繫上
時，當時場景在我腦海中清晰明亮起來！

原來，這樣接受過的溫暖與感動一直都在心中，是否因曾得著
這樣的溫暖，而讓我開始懂得一個小小的溫暖舉動的正向力量
是何其大啊！
謝謝當時才二十多歲的你們，這樣的男孩，將來(就是現在)必
定是體貼的好老公，溫暖的好爸爸！

果不其然！！！

23　2016 年 8 月 10 日
心靈隨筆之九十一

因 facebook 的無遠弗屆，20 多年沒聯絡的，在東京日語學校的同學 William，定居美國波士頓，因公來台，8 月初特地到台中與我們相會！

心中的感受就如他屢屢在日本得獎的毛筆字所寫出來的「感動」兩個字。

曾在同一教室揮灑青春的感動
述說著這 20 多年來生命故事的感動
還有，彼此見面擁抱的感動

人與人之間，相識是緣分！
能夠珍惜，更顯珍貴！
謝謝 William 再度出現在我生命中！

24　2016 年 10 月 9 日
心靈隨筆之九十三

28 年的情誼，
在十月初的午後，
於東京新宿，
悄悄地發出璀璨的光芒！

28 年前，中年的下山先生
和青年的我，各懷著在人生
旅途中，對未來的憧憬和渴
望而有緣相識，悠悠歲月，沒澆熄對彼此關懷的心，而今對
81 歲步入老年的下山先生和步入中年的我能見面歡敘，暢談
彼此的人生經歷，竟是如此令人感動，耀眼的光芒溫暖著彼此
的心！

這樣的緣分，
心中滿是珍惜與感恩！

25　2016 年 11 月 8 日
心靈隨筆之九十五

他說
我泡最好的茶請你喝！
他說
雖不常見面，但我心中一直把你當成很好
的朋友！
他告訴我
人，有「德」最重要，在付出的同時，心
中不求回報，好事就會在意想不到中降臨！
還說
在學習的過程中，不該太依賴教導者，教導者領你進門，練習
與領悟，還是要靠自己！

益友如斯！
這「不計較」，「靠自己」的道理，我銘記在心！

26 2018 年 3 月 21 日
心靈隨筆之 120

能讓你使用一輩子的禮物是什麼？

 近 30 年前日本朋友送的眼鏡架，每天使用，至今還嶄新地擺在書桌上，送禮物若能挑到對對方而言如此實用又耐用的，真的是到送禮的最高境界了！

這是學生時代和同學在日本的居酒屋喝酒聊天時和坐隔壁桌的日本男孩攀談認識，進而聯絡至今的朋友送的，回頭一望，這樣的緣分真是不可思議啊！

松井光德さん、どうもありがとうございました！

27　2018 年 6 月 14 日
心靈隨筆之 122

如果，有機會因著小小的付出，能對另一個生命產生良善，正向的影響，那是很大的福分！

陪伴了 6 年我曾經提過在台灣小學唸書的日本小男孩，在 17 歲的年紀終於小學畢業，完成了他不可能的任務。

當他心中的苦澀，無奈，無助與絕望對著我傾瀉而出時，我用生命的溫暖，播下了快樂，感恩，希望的種子，命運再給了他三年的挑戰，同樣用比同學大 5 歲的年齡繼續國中生活，期待他能用成長的智慧，讓這些種子發芽茁壯，迎向美麗的人生！

28　2018 年 10 月 27 日
心靈隨筆之 128

31 年，不算短的歲月，卻就這樣飄然而過了……
1987 年 8 月，在東京參加學校 homestay 的活動，自此與這位日本媽媽結下了深深的緣分

書信的往返
禮物心意的寄送
相隔久久的彼此探訪是讓細絲般的緣分逐漸圓潤的養分！

在日本媽媽遭逢生命中的巨變時，雖然我能給予的只有小小的關懷，卻也溫暖了彼此的心
上星期，日本媽媽由她的妹妹和妹婿陪同來台灣，說是一定要再來拜訪我生活的城市
〜在尚未嚴重失智之前〜
謝謝您們如此風塵僕僕地來到台中，我會牢牢記住在機場離別時那擁抱的力道與溫度，還有眼角閃爍的淚光……

1989年4月
再度造訪

2002年2月 於台中
来台灣旅遊

2007年8月於東京
帶3孩子們拜訪

2018年10月
於台中 相見時刻

29 2018 年 12 月 7 日
心靈隨筆之 130

四天快閃北海道之行

在旅行的路上
遇見白雪皚皚，在冷冽的寒風
中，泡入溫泉，仰望星空，點點
繁星編織成的生命藍圖，美啊！

在旅行的路上
住在北海道的 30 年老友，在札幌這遙遠的城市久別重逢，酒
香中，彷彿回到當年歲月，那夢境的國度！

這些旅遊記憶，將是人生中無可取代的財產！！

30 2019 年 6 月 4 日
心靈隨筆之 143

陪伴他 7 年了
這個照相愛扮鬼臉的日本小男孩！
現在高三的年紀在讀國一

常常聽他提起，在日本時是打架高手，個頭雖小，卻沒有人能打贏他……
而這是由他父親遺傳給他的天賦！
他以此自豪！

現在的他會說：
當時或許來台灣降年級就讀，是最好的安排！
長大了！
18 歲的他，有了目標，再兩年，國中畢業後，他要回日本加入自衛隊。

孩子！我一直有看到你在努力也謝謝你告訴我在台灣的這些日子，我對你有深刻的影響！

還有兩年，我們一起努力加油哦！

31　2019 年 11 月 21 日
心靈隨筆之 153

30 年，就像一眨眼！

學校的
大門招牌沒變
樓梯扶手沒變
大家的笑容依然溫暖

11 月初，和當時的同學們去東京探訪了 30 年前唸過的日語學校，在那學校唸書的時間雖然短暫，卻是極為豐盛的一年！
交了許多世界各地的朋友
認識了緣深的日本家庭
經歷了許多新鮮事
人生頓時變得繽紛無比！

一直以來在群體中，總是甘之如飴，心情愉悅地扮演在台下用力熱情拍手的角色。
在這學校，老師給了我到別校交流時上台用日文致詞的機會。
順應自己個性生活，但偶爾的跳脫也是一道人生美味啊！

喜歡當時的自己
擁有自由的孤獨
並嚐遍一道道溫柔的叛逆……

擁有自由的孤獨
並嚐遍一道道
溫柔的叛逆

32　2019 年 12 月 8 日
心靈隨筆之 155

這是 11 月日本行最主要的目的！

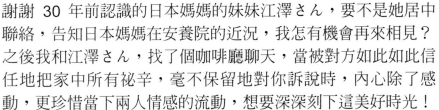

寒風凜冽的冬日
在灰濛消沉的日常
如果說
因我的出現
能帶給另一個生命，片刻的光明和希望
繼而不由自主地展現了發自內心的溫暖微笑……
那，再多遠的距離，都值得前往

謝謝 30 年前認識的日本媽媽的妹妹江澤さん，要不是她居中聯絡，告知日本媽媽在安養院的近況，我怎有機會再來相見？之後我和江澤さん，找了個咖啡廳聊天，當被對方如此如此信任地把家中所有祕辛，毫不保留地對你訴說時，內心除了感動，更珍惜當下兩人情感的流動，想要深深刻下這美好時光！

一個心性真誠溫柔的人，即使錯愛受傷，那傷口，最終也會癒合成為美麗的痕跡

明年，我會再去相見
期待再看到那抹溫暖的微笑……

33　2020 年 9 月 13 日
心靈隨筆之 171

陪伴這日本孩子，邁入第 9 個年頭了～從 11 歲到即將 20 歲！

孩子回日本過完暑假，這學期的第一次會面，手上拎著一盒餅乾出現了！
受寵若驚的我，聽著他的描述，暑假時和一群朋友，騎著重機載著女友，馳騁在日本鄉間道路，很開心！

不禁想著，他在旅途中的某個特產店，心中想起了遠在台灣的我，於是買了這盒餅乾，經過漫長的旅程終於送到我手上，那份過程中孩子內心的起心動念，在在感動著我……

當一個孩子被信任了，一定能激發出他最好的一面～

能發自內心感恩的孩子，未來的人生必將往幸福之路邁進！

34　2021 年 5 月 4 日
心靈隨筆之 189

悼念
年輕時在東京相識於
學校 homestay 活動的
日本媽媽
願安息

至今 30 多年的交情
在一來一往間
滋潤了彼此的心靈
我們都那麼的珍惜且努力地維繫著這份感情
殞落的生命
其靈魂必定在另一個空間好好的繼續存在

2018 年在日本媽媽病況尚能遠行時
不辭辛勞由妹妹陪同來台灣台中看我

2019 年 11 月在新冠疫情肆虐全球前
我也風塵僕僕地去日本千葉探望日本媽媽
想必這份心意都有傳達到對方內心

感謝您在今生
讓我遇見您
我會因為曾經的所有甜美回憶而微笑
如同相片中我們滿足的笑容

35　2021 年 6 月 12 日
心靈隨筆之 191

每週每週來學校諮商室晤談的日本小男孩 20 歲了
11 歲來到台灣唸國小一年級
20 歲國中三年級終於畢業！
9 年了

謝謝你願意讓我一直陪著你
畢業後你將邁向更寬廣的人生道路
必須克服許多困難
而我唯一能給的只有支持，鼓勵，讚美和安慰

希望我曾經的存在
能成為你在台灣生活了 9 年中的些許美好回憶

因為疫情，沒有畢業典禮可
以合照留念
但，我會永遠記住你的樣子
～

36　2021 年 9 月 10 日
心靈隨筆之 205

「幫助別人」
本身就是一種祝福！

在日本男孩完成台灣 9 年教育
即將離開的前夕
終於在疫情下見面話別！
收到一張寫滿感恩話語的大卡片
細細地述說著他內心的情感

他說
剛到台灣時
跟我在一起的時光是唯一能讓他安心的時間
若沒有我，他或許撐不到小學畢業！

他說
謝謝我不厭其煩地傾聽他的心
他才能維持正常的精神狀態
若沒這些時光
他可能已精神崩潰！

他說
因為我，他學會再次敞開心胸信任別人
希望將來能成為像我一樣用善良的心幫助別人的人！

他說
因為與我相遇
他的人生產生了很大的變化
這恩情無論經過多少年他一定不會忘記！

然而
能聽到他親口說出他內心的改變
就是給我最大的回饋啊！
也謝謝他讓我有機會發揮自己的特質
創造屬於自己的人生價值！

#兒子小時候跟日本男孩有過幾面之緣，此次再相見兩人都長
大了

37　2021 年 12 月 9 日
心靈隨筆之 210

過往每年的聖誕新年期間
一直是我向朋友們揮灑祝福的季節～

但二十多年來持續寄自製賀卡的行動
因時代的變遷在 2017 年中止了
覺得自己有經歷到大家都用郵寄寄聖誕賀年卡的年代很幸福！

有一天去一位朋友家
當看到我每年用心製作的賀卡貼滿他家客廳櫥櫃時
真心感動莫名……

每一個朋友
最讓人懷念的地方
是與自己共同經歷的部分
那個專屬彼此而獨特的時光～

這一生和任何人的相遇
都是珍貴的緣分

38　2023 年 3 月 1 日
心靈隨筆之 225

看著客廳櫥櫃中兩個吸收光源後就能不停搖頭點頭的哆啦 A 夢和史努比，很想對他們說聲辛苦了！
2005 年收到這份禮物至今，18 年了，他們從沒停止搖頭點頭，但我已與送這份禮物的朋友失聯了

有種朋友
他就是有能耐從你的舉手投足字裡行間聽見你心中的雨聲

或許失去一位朋友也代表著他帶走了一部分其他人都不認識的自己吧！

希望我們都能成為別人心中美好的回憶

39 2023 年 3 月 20 日
心靈隨筆之 226

當發現自己的心很難再被
觸動
此時
需要的是出走亦或等待？

出走台東原來這麼不難
有位移居台東的老友是如
此的幸福
閒雲野鶴般的生活是他們
家的日常
聽了許多故事
看了很多花草樹木

看海聽海凝視遠山
騎著公路腳踏車馳騁在綿延的小葉欖仁樹下
真美好！

四十多年的友誼歲月
包含了多少寬容
留下了多少溫暖
謝謝你們
出走之後
繼續等待
等待沈睡的心再次被觸動
的時刻到來

40 2023 年 4 月 23 日
心靈隨筆之 228

吉富的追思音樂會在思達

脆皮肉圓
是和吉富的交情往前邁進的緣由
某次早上團練完下午繼續團練，午餐和吉富、幸美去吃附近的
脆皮肉圓
最終被吉富請客，而我還沒找到機會回請……

一個四十多人的樂團
團練時能比鄰而坐是多麼深的緣分

記得去年在最寒冷的 12 月天，在嘉義管樂節演出後走回休息
區時，晨瑜突然叫住走在前後的吉富和我，說幫你們兩人照一
張相
原來人生的每一瞬間都有可能讓人永遠懷念～

國家圖書館出版品預行編目資料

心靈隨筆：這十多年來晶瑩璀璨的遇見／林勵
娟著. --初版.--臺中市：白象文化事業有限公
司，2024.07
　　面；　公分
ISBN 978-626-364-285-0（平裝）

863.55　　　　　　　　　　　　113002160

心靈隨筆：這十多年來晶瑩璀璨的遇見

作　　　者　林勵娟
校　　　對　林勵娟、張晏寧
發 行 人　張輝潭
出版發行　白象文化事業有限公司
　　　　　　412台中市大里區科技路1號8樓之2（台中軟體園區）
　　　　　　出版專線：（04）2496-5995　　傳眞：（04）2496-9901
　　　　　　401台中市東區和平街228巷44號（經銷部）
　　　　　　購書專線：（04）2220-8589　　傳眞：（04）2220-8505
出版編印　林榮威、陳逸儒、黃麗穎、水邊、陳婷婷、李婕、林金郎
設計創意　張禮南、何佳諠
經紀企劃　張輝潭、徐錦淳、林尉儒
經銷推廣　李莉吟、莊博亞、劉育姍、林政泓
行銷宣傳　黃姿虹、沈若瑜
營運管理　曾千熏、羅禎琳
印　　　刷　百通科技股份有限公司
初版一刷　2024 年 7 月
定　　　價　250 元